风 知 道

吴春华 著

The wind knows

中国言实出版社

图书在版编目（CIP）数据

风知道 / 吴春华著 . -- 北京：中国言实出版社，
2021.1

ISBN 978-7-5171-3733-7

Ⅰ . ①风… Ⅱ . ①吴… Ⅲ . ①中篇小说—小说集—中
国—当代 Ⅳ . ① I247.5

中国版本图书馆 CIP 数据核字（2021）第 010385 号

出 版 人 王昕朋
责任编辑 李昌鹏
责任校对 张国旗

出版发行 中国言实出版社
　　　　　地　　址：北京市朝阳区北苑路 180 号加利大厦 5 号楼 105 室
　　　　　邮　　编：100101
　　　　　编辑部：北京市海淀区花园路 6 号院 B 座 6 层
　　　　　邮　　编：100088
　　　　　电　　话：64924853（总编室）　64924716（发行部）
　　　　　网　　址：www.zgyscbs.cn
　　　　　E-mail：zgyscbs@263.net
经　　销 新华书店
印　　刷 徐州绪权印刷有限公司
版　　次 2021 年 3 月第 1 版　　2021 年 3 月第 1 次印刷
规　　格 880 毫米 ×1230 毫米　1/32　5.5 印张
字　　数 100 千字
定　　价 48.00 元　　ISBN 978-7-5171-3733-7

目　录

风　控

1

陈向东出事了。

接到闺密张虹电话报告这消息的时候，李梅正走在每天上下班经过的彩虹桥中心地段，她感觉车流震动桥身的摇晃突然加剧，如地震落到了江底。

她浑身发冷，半天没喘过气来。过了半分钟，那边的"喂、喂、喂"声才灌进耳膜，她才发现自己身子靠着栏杆，一动不动。

"啥事情？他死了？"李梅的手下意识地抓住栏杆，声音虚弱得像刚溺水上岸。

"也不是。不过差不多了。"

"到底啥事情吗？"李梅毫无耐心听这种模棱两可的说法，像被蜂子蜇了一下，有些控制不住地歇斯底里。

"上周三，他老婆电话找不到他，结果在离家不远的自家车里发现，人昏死了。现在抢救过来，还在医院。瘫了。"

"他长那么壮实，怎么会这样？"李梅一听人没死，松了一口气，觉得天空明亮了一点。

张虹告诉她，陈向东之前到青海挖金，就有一点高原反应。但是他一直没放心上，跟在平原地区一样，耿直豪爽，吃吃喝喝一点没有受影响。谁知道，回城没几天，又跟三五个朋友在外面大吃大喝，还准备开车回家。结果还没到家，就倒在车里，没能起来。好在他老婆梁靓及时找到他，送了医院，否则就挂了。

自从把钱借给了陈向东，李梅的世界就像精神分裂一样，被割裂成了两半。一半是光明，一半是黑暗。黑暗里的快意张扬刚过一年，光明里的暗无天日就到来了。她没想到，壮得像头牛的陈向东会有这么一天。而自己的生活，因为他，从此陷入一团乱麻。

李梅是通过张虹认识陈向东的。那年，张虹跟姐姐在郊区江边开了一个小茶馆，正好在李梅就职的广告公司旁边。几乎每个周末，张虹和几个同学都要邀约李梅去喝茶。

说是喝茶，四川人的习惯，都是喝不了几口，便会觉得寡味，便没有了话语，总是忍不住坐上桌子，打麻将或者斗地主。用一点钱来刺激刺激被生活麻木了的神经，还一样继续说话交流。所以，在这里，喝茶就是打麻将，喝茶也是斗地主。它们三个就是一组等义词、一帮三胞胎，只是说者听者都心照不宣。

当然，除非大家真的有事情，要说很久，喝茶才称其为喝茶。那样的情况着实不多。"坐而论道"是文人才有的嘴皮子功夫。李梅张虹们，普通得如同涪江的水，随着大流一致向东，片刻停留都不会有。

李梅麻将技术不好，但是总经不起诱惑，经常输钱，基本上是"十打九输"，属于人们眼中的"铁脑壳"。"铁脑壳"是打不扁敲不烂的，说白了，就是顽固，就是傻，就是一条道走到黑的人。在她看来，打牌这玩意儿，就是一种朋友之间交流的方式，输赢不重要，重要的是大家在一起开心。所以，跟同学在一起打麻将，她总是输钱的那个，也是大家抱怨的那个，更是大家赢了钱还打击的那个。

"你看你，啷门这么射张子呢？坐你下家硬是受伤害哦！"

"你是射洪来的吗？牌一出门就倒拐！"

"你看你这智商，等老了不得老年痴呆才怪。"

有时候，桌子上几个就拿"老年痴呆"互相嘲笑起来，欢乐得像准备一起打到老年痴呆。打牌到深夜，打麻将的声音就响亮起来，有些像小时候课本里面的"落花生"，清脆利落，一颗一颗，带着丰收的饱满。在李梅看来，麻将是无聊生活中最刺激的事情。只要不是输到身无分文，她都是快乐的。

但是，她总有输到身无分文的时候。反省、自责、懊恼……一堆不良情绪就涌上心头，让她眉心像上了锁。

这时候总有同学说，来，拿几百去，我们继续打。

"不，不行。包里没钱了，不来了。"

输家说话，这是牌桌子上的规矩。何况输家已经没有钱可以输了。这点，对李梅的牌友们来说，是起码的修养。毕竟，大家都是同学或朋友，不是职业赌徒。要是打牌打得大家都不开心了，这牌局就没意思了。

走出麻将室，李梅总是要感慨：唉，每次打麻将，我都觉得自己智商有问题。同学总会宽慰她：人家在算牌，你就在乐和，你心思没用在上面，当然该输。每次人家这么一说，李梅很快就平衡了——反正不是智商问题就好。人生不就图个开心吗？钱是身外之物，生不带来死不带走，何必活得那么累？随时都在算计的事情，她办不到。

"你这习惯很好，输完就算了，不借钱输。"

"那是当然。我这点风险控制意识还是有的。就像炒股，绝对不借钱、不用杠杆……都是赌，就是玩个心情。搞坏了心情可以，可不能把正常生活秩序都搞坏了。"

李梅打牌的原则还是多的，除了这一条之外，她还不跟不认识的人打牌。在她看来，自己那点薪水也不够跟常年混迹在麻将桌上的专业人士对弈。但是陈向东不一样，张虹介绍他的时候，充满了敬重和喜欢。他个子魁伟高大，声音洪亮，打牌喜欢说笑话，完全的心不在焉。特别好玩的是，他要和什么牌，他会告诉大家，劝着大家不要点炮。当然，这样的打法，最后不是大赢就是大输。自摸要翻一番，人家知道他爱说实话，除非万不得已不点炮，结局就是他自摸和牌。事实上，他大多数时候都是输，输得像个"铁脑壳"。不过，从来没有见他输了钱不开心的样子。

张虹私下告诉李梅，陈向东投资了好几个实体，比如邻市的一个宾馆、甘肃的一家矿业，等等。关键的是，因为有钱，他利用企业缺资金却要还银行贷款的间歇，挣高利息。

李梅一时纳闷："什么意思？还贷款的间歇？"

银行贷款需要还，但是银行还是要贷。只是年限到了，必须用两三个月来转贷。也就是说，本金和利息都还，企业一般是不可能承受的，银行又必须要求还了本息之后进行再贷款。陈向东就把一大笔钱全部借给企业，等再贷款一下来，企业又还给他。这几个月的资金利息就是高利息。很多企业都这样，所以，企业向陈向东这样的人搞民间借贷就是普遍现象。张虹有点绕着给她讲了之后还撇了一下嘴巴，打了她一下，说："亏你老公还是金融系统的，连这个你都不知道？"

"他哪里会讲这些？他从来不喜欢在家里说工作。你说的这个，不就是人家说的那种，放水吗？"

"啥子放水哦！这个是民间借贷！"

张虹还用无不艳羡的神情告诉李梅，陈向东现在开的奥迪 Q5，跟他那高大壮的个子多般配！就是他放了两个月这样的贷款，得到的利息买的！

长年坐机关的李梅有些惊讶：原来，这世上挣钱还有这么容易的？！虽然衣食不愁，但是发财这件事，对于李梅来说，就是她看过高原天空的云，白色的花团锦簇，美丽得晃眼，近在咫尺，却永远可望而不可即。

她没有想到，竟然真的有人，坐在了云端！他们跟陈向东一样，神仙一般，意气风发，逍遥自在。

玩过几次麻将，他们成了熟人。也有不打牌的时候，陈向东家就在茶馆楼上，他带着他那才两岁多的小儿子，在茶馆外的坝子里逗儿子玩。没过多久，李梅还认识了他的妻子梁靓，大眼睛、妙身材、好脾气，白皙美丽，人如其名的靓女，白领丽人形象。但她知道，这是陈向东的第二个老婆，以前是卖保险的。陈向东挣了大钱之后，梁靓就当上了全职太太。说是全职，实际上啥家务事都不做，家里有保姆买菜、做饭、带孩子。梁靓也就是保姆忙的时候打打下手，跟儿子逗逗乐。

陈向东朋友很多，所以很多时候都在外面应酬。张虹的姐夫在开野的（黑车），有一次被交警抓了违章，车被扣押了。陈向东获悉消息后，埋怨他们不早告诉他，然后到处电话找关系，陪吃陪喝，很快帮他们把车要了回来，还坚决不让张虹的姐夫给钱补偿开销。张虹说起这事，很是感慨地对李梅说，现在这社会，像陈哥这样耿直有义气的人真是太少了！

张虹说："那天勾兑交警请客，交警还没来，我们几个坐等。我姐夫说既然他们不喝啤酒，我只喝一瓶。叫一瓶啤酒就好了。结果你猜陈向东怎么说？"

李梅想不出来，问："怎么说？"

"他大手一挥，一点不给我姐夫面子，转身叫妹子来一件啤酒，还说——哎呀，我的哥哥，我给你说过好多次，男人，有钱没钱一定要大气！哪怕你只喝半瓶，我也要叫一件！"张虹说起这话，笑得花枝乱颤，然后补了一句，"他真不把自己当外人。"

陈向东的好，在李梅看来，是有夸张嫌疑的。但是，谁叫张虹是自己的同学兼闺密呢！她还是很相信她的眼光，何况，她也看得出来，陈向东确实是个有情有义的"铁脑壳"。

2

熟悉之后，陈向东给李梅打过几次电话，借钱。

"你不是有钱吗？为啥还要问我借钱？"李梅知道，对陈向东这样没有多少文化的粗人，不用委婉。

"妹妹，我的钱是活的，流起走的。借钱就是来投资。我们认识这么久了，你也晓得，我是个可靠的人。我也晓得，你和你的朋友圈，都是机关单位的人，也可靠。"陈向东老实告诉李梅，他就是利用自己干企业的朋友资源，搞资金拆借，从中赚取利息。

"你放心嘛！有钱大家赚！我是个有信用的人，每个月按时给你结利息。"

"我那点钱，借不出手。"李梅一点兴趣都没有。虽然家里不需要她负担，基本上自给自足，但是，几年前才还完房子的贷款，自己手里零花钱并不多。

"你搞广告那么多年，接触的媒体和机关单位领导也多，能交上不少朋友。让有钱的朋友借给我嘛！存银行多没意思，怎么都比不上通胀。"陈向东一副很是懂行的样子。不过，李梅并没有放在心上。

　　陈向东打了几次电话，李梅脑子里就想了几次，每次都快得像耳边吹过一阵凉爽的风，想想是舒服，但最后还是觉得自己没有太大的兴趣。毕竟，钱少，利息再高也不可能像他一样，能买辆奥迪啊！

　　到最后，陈向东索性不再说借钱的事情。

　　两三个月后，陈向东开着他那辆豪华的大越野到李梅楼下，说是真的要跟她喝茶说话。李梅摸不着头脑，但也跟他出门，走到旁边十分幽静的街道上，找了一家咖啡屋的二楼露台坐下。露台上没有人。咖啡屋里卡座几乎满了，雅间是高端麻将室，估计也是满的。那两年，好像所有的人都有钱，小城市的人不是在打牌就是在郊外玩耍，人们过着活色生香、挥金如土的生活。

　　"你有啥事情？"李梅刚坐下喝了一口柠檬茶，放下茶杯便开口问。

　　"哎呀，没有事情也可以找你喝茶嘛！"

　　一股热流冲向脑门，李梅觉得脸上有点烧乎乎的，自己这么直白和功利，真是不该。她忙说："是、是、是，我错了。"

　　"我就是心里有点堵，想跟你聊聊。"李梅有点惊讶，他们之间的生活，空旷而没有交集，除了张虹，有啥好说的？看着她脸上的不解，陈向东像清楚她在想啥，直接道："我就是想跟你说一下张虹的事情。"

　　闺密的事情，李梅当然是关心的。在某大镇政府工作的张虹跟她性格也像，但是在感情方面，却更加"铁脑壳"，认准了就不回头的。张虹的爱情故事跟一起意外有关。三年前的夏天，本市某厂邀请了广州一个专家去某山区景点观光，路上车祸，车坠悬崖，全车人都没能逃过死神之手。张虹的初恋情人就是该厂办公室主任。张虹闻得消息，想起前尘往事，痛哭了好几天，又到处打听，办公室主任在车上没有。初恋情人并没有随行。她有了劫后余生的大彻大悟，心底对情人的爱如沉寂多年的火山爆发。两人联系上后，旧情复燃，燃得两个人都不想带着不能相亲相爱的遗憾继续活下去。张虹坚决不愿意如李梅劝她那样，在婚外维系对情人的爱，一定要坦坦荡荡地跟情人在一起。对她活泼可爱的儿子、言听计从的老公、体贴入微的公婆都不再放心上。老公家人一直惯她，即便是离婚这样悲情的事情，也在苦苦挽留之后顺了她的意。

　　初恋情人却因为离婚闹得十分辛苦，不过也在脱了一身"皮"后，净身出户。两个人正大光明幸福地同居着。每年出去旅游，QQ空间和朋友圈都少不了秀恩爱。李梅觉得，当初他们和自己一样，都是早婚，能找到个像张虹前夫那样对她百依百顺，还很有钱的家庭，真是像打着灯笼找的。但是，至于爱情这东西，她自己也承认，自己不是很懂。她跟老公，也是男人苦追不舍，她享受着被爱，最后感觉在一起日子过得很舒服——她是很喜欢老公的。

只是神圣的"爱"字，她的体验，不足以让她说出口。

"你们永远不懂，跟相爱的人在一起那种幸福！"张虹每次说起跟爱人在一起的感觉，都是一脸的沉醉，像刚刚完成了一趟美妙无比的旅行。让李梅难以理解的是，两个人好不容易在一起了，却并没有领取结婚证。或许，这张纸在真爱面前，真的不重要。

但是，相爱容易相处难。最近好像因为两个人的朋友圈差异大，闹了几次，分开了几次。多次见她说起与爱人的生活分歧，又多次说忍不住继续在一起，所以在李梅看来，他们的恋情分分合合像是波西米亚夫妻之间的打骂，怎么都是两个人的调情方式，外人干预不得。她也没有放在心上——毕竟都是年过四十的人了，少年时的情感，又经历了生死考验。深爱，是没的说的。

"她这次是真的失恋了。"

"啊？你咋知道？"

"前天晚上，我们麻将后一起吃饭，又一起出去唱歌。你知道，我们这群人玩得开心，很热闹。张虹进了厕所很久都没有出来，引起我们注意。大家都听到厕所里她在号啕大哭——你知道的，她平时人前总是笑呵呵的——她真是扛不住了。"

李梅脑补着众人狂欢的喧嚣中，闺密痛彻心扉的爆发，眼睛很快湿润了。她身子一动不动，也顾不得被陈向东看到顺着面颊流下的眼泪，听他继续说。

"我们都在外面叫她，安慰她，但是她根本不听，在里面整整大哭了半个小时。把她姐姐心痛得在外面跟着哭，我们也陪着掉泪。唉——"

李梅沉着脸，半天没有说话，双手往脸上抹了一把后，长吸了一口气，无奈地说：

"我早就给她说过，为了爱情离婚是有很大风险的。伤害亲人，自己想要的，却难得善终。"

"是啊是啊，你是她好朋友，你要多陪陪她。不要给她说刚才我给你说的这事，当你不知道哦！"李梅被陈向东的善良感动了。我们还真应该算是朋友，她想。

"嗯，好。谢谢你们一直关心她。"

"哎呀，朋友嘛，说这些！"陈向东很潇洒地挥了挥手，对李梅这样生分有些不满意的样子。

两个人又随便聊了一些茶馆里的事，各自分头回家。李梅对陈向东的印象更好了些，耿直、重情义，不错的男人。

随后的几个月，李梅更多地往茶馆跑，多数时间都不打牌，真的喝茶，聊天；或者跟张虹在河堤边上走路，说话；跟陈向东一家子都熟悉起来，甚至有时候就摆开桌子，在柳树下，凉风习习中，几家人开开心心地吃晚饭。

茶馆外面的树荫下坐着，懒懒地斜着身子，把腿放在藤椅一边，半卧姿势。四川人喝茶从来不在乎形象。这种舒适惬意，西部也是处处可见。两三个朋友在一起，说话有一搭没一搭。气氛不需要刻意营造，都是好的。话题也是天南海北，无所不及。只有张虹爱人的名字，成为敏感词，永远被屏蔽。好在张虹的身心比起脆弱做作的其他女友，一直健康，甚至强健，李梅的心理负担并不重。

后来，张虹悄悄告诉李梅，爱人是因为前妻患上了癌症，出于道义他才回那个家照顾。但是他们并没有复婚。她还是坚信，他们会有继续在一起的那一天。另外，她像是顺口说起，她和她姐姐一起借了三十万给陈向东。陈向东一直很守信用，每个月把利息转到她账上。所以，她的经济情况十分不错，高兴买啥就买啥，每个月还有一大笔结余。

张虹的情况，李梅心底一直还是羡慕，毕竟那样的爱情，并不是每个女人都可以得到；即便是有，也没有几个人可以放弃一切现有的幸福，去成全个人至爱。世间没有完美，只有完整。而完整，有着表象看不到的黑洞。

看她几天一套新裙子，还总是动辄数千的品牌货，李梅的心动了——哪个女人不爱美？靠可怜的工资糊口可以，要精致地生活，实在是难。

弟弟家靠着多个渠道高回报投资，不是也成了百万富翁吗？每次回家看到他冰箱里的都是德国黑啤，完全进入超级小康生活状态。身边有多少人都在过着这样快乐的日子啊！李梅分明感觉，钱就放在眼前，触手可及。这种诱惑，就像别人在自己脖子上挂了一圈又香又甜的糖饼子，一低头就可以咬上一口。而自己闻着飘过来的香味，却不敢动弹。

想得越多，看得越多，李梅的眼睛就越是红得像兔子。终于，她忍不住，低下了头。

李梅是有人脉的，多年职场的言而有信和处事风格，让她得到广泛的认可。朋友更不用说了，只要她一句话。当她向两个经济宽裕的朋友说起陈向东借钱的事情后，在某镇当行政官员的汪强和在一企业当财务主管的钟娜，很快给她的账户各打来十万，连借条都不要。当然，利息她是口头承诺了的。月息百分之二，比定期高了不少，但相对很多民间融资百分之三、百分之四、百分之六甚至百分之十的利息，实在又算是很低。

"国家政策是支持民间借贷的，在贷款利率的四倍之内都受法律保护。"陈向东多次给李梅灌输这一点，无非是想让李梅放一百个心，把钱借给他，也去朋友那里借点钱。

李梅认为，民间融资总是短期行为，所以陈向东打的借条也就半年时间。钱刚到账，陈向东就扣除了当月利率，给她打了整数的借条。随后每个月的固定时间，李梅就是处理利息，把朋友的转过去，自己的留下来。像是突然多了一个人在给自己挣钱，李梅的日子开始过得风生水起。高兴不高兴都请客吃饭喝酒，潇洒自在得跟钱花不完似的。在汪强和钟娜两个朋友面前，她也像个功臣，接受着他们的尊重和喜欢。

只是偶尔，有种不安，像自己摇摇晃晃地走在独木桥上，随时可能掉下去的忐忑在心里，让她感觉风吹草动的惊心潜伏着。这无异于一颗随时被踩到的炸弹，不知道什么时候就让她魂飞魄散。她偶尔也反省自己，是不是太贪婪？忘记了理财中最重要的风险控制。但是那点钱放银行，分明就是亏啊！钱入股市，更是惊心动魄，让人不安生。

投资者之路，狭窄危险得如同吊桥，人多桥晃，随时会挤下深渊，谁也难以保全。

好在李梅一直都不是好赌好酒之人，加上广告公司业务开展得不错，本来不多的私房钱开始很快累积到账户。李梅觉得财富就像沙漏里的沙，每一天都在往自己的账户里掉，掉得她心花怒放，明亮的生活有着难掩的愉悦。她走起路来，袖口都带着风——尽管她明白，风声之下，或许就是炸雷。

半年很快过去，陈向东说项目还在进行之中，希望能够继续。这次是借一年。李梅给两个好友一说，每个月跟李梅一样享受着不劳而获的好友犹豫片刻也同意了。年底，李梅甚至用自己的钱还了钟娜的十万，把外债清理了一半。钟娜稳稳地赚了百分之二十四的利息，算是收获颇丰，跟李梅的关系也分外好起来。

李梅做事，善始善终。这口碑，是极为难得的。她始终不明白，为啥还是有不少的为富不仁者，靠着哄骗，竟然还在发财。她的身边，就有活生生的例子。有个做广告的老板，包里从来没有超过三百元，开张发票都在计算税钱够不够给；对人口蜜腹剑、极为势利，求你的时候，你是爹是娘，不需要你的时候，你是陌生人；业务员的工资拖欠半年不发，业务提成可以让别人为了几百元打几十个电话催促。这样的人依然一单又一单地接业务，生意好得很。后来靠着本地报纸打包出售的行业版面，以报纸主编名义在外面大肆吹嘘，借虎皮拉大旗，挣了好几套房子，车子也从普桑换成路虎。

这个社会潜伏着不可理喻的逻辑，"奇葩"处处有，而"奇葩"这个词如同变色龙一样，在不同人嘴里有不同的语言色彩。

最后她自己总结，还是因为自己只是个好业务员的原因。她坚定自己的信念，要么不承诺，要么一言九鼎。言而无信不知其可。不管这社会怎么变，自己都不能改变做人的底线。

　　到李梅获悉消息的那个下午，实际上陈向东已经三个月没有打利息过来了。只是李梅有些自欺欺人，不敢追问，像面对放在手心的肥皂泡，怕出一口气它便破灭了。她没想到，该来的始终会来——不管她有多么怕。

<h2 style="text-align:center">3</h2>

　　李梅胸口气紧，高一脚低一脚浑浑噩噩地回到家里，一言不发，就睡到床上。她老公以为她业务开展得不顺，也没有在意。饭煮好了叫她吃饭，然后就坐到电脑桌边看连续剧。

　　她继续回到床上，却睡不着，脑子里有千军万马奔腾着。所有的念头就一个中心，怎么把钱要回来？现在说钱，人家还在昏迷中，不地道。那什么时候催款？他家的车子能不能抵押？——或许那车子能拿来也还不错，当是自己买了辆豪车。他现在的资产谁在打理？明明都是没有答案的事，她想得纷纷扰扰，直到筋疲力尽，昏睡过去。

　　阴阴沉沉地过了好几天，李梅终于问张虹要了陈向东的病房号，在住院部楼下买了篮水果，找到病房。无比壮实的陈向东竟然瘦了几十斤的样子，大眼睛像是外挂在额头下，仅仅比鼻尖低调了一点点。他面无表情地躺在床上，见到李梅眨了眨眼，嘴里发出呜呜的声音，像个孩子在咿咿呀呀。梁靓还是那么美，只是有些憔悴。对着李梅，脸上的笑十分勉强。她把果篮放在宽宽的窗台上，便示意李梅出去说话。

见此情形，李梅哪里还敢提"钱"字？满怀同情地询问事发经过。梁靓说，以前没有体检过，只当他身体好得很，谁晓得有高血压呢？！从高原回来，一喝酒就出事了。你晓得的，他那个人，讲义气，喝酒又不推杯。还想开车。要不是离家近，发现得快，早就"没事了"。梁靓说着说着，抹起眼泪来，李梅听得认真，眼圈也跟着红了。

人到中年，如果还不了解自己的身体状况，不顺应身体的需要过日子，真的会要命啊！

"好在现在命救回来了，医生说，后期康复还要看他的意志。"听到梁靓这么说，李梅有些感怀，忙安慰她："没事，你不要急，一定要有信心，他会恢复得越来越好的。"

"他还认识你的。"梁靓又说。

"哦？那不错，这点很重要，他脑子没有坏。他会有很强的毅力坚持康复。"李梅脑中的欣慰感一闪而过，搂过梁靓的肩，拍了拍。

带着无限沧桑走出医院，李梅有些矛盾，突然觉得，实际上钱一点都不重要，哪怕就是收不回来，起码自己还是很健康的。而陈向东，未来的日子会是什么样子？谁都说不清楚。

钱买得了许多东西，却买不了健康。所以，在健康面前，钱算什么呢？

然而，对健康着的人来说，钱又是多么重要啊！重要得如同阳光，生活要灿烂，须臾离不得；重要得如同水，生命要延续，每天都得有。

李梅开始数着手指过日子，每个月还是给幕后借钱的汪强打利息过去。她当自己那一年没有收入，也想尽量保持自己的信用。过了两个月，她买了礼物再次去看望陈向东。

陈向东胖了一点点，坐在床上，歪着头，扭着脸，甚至能叫出她的名字来。每个吐出来的字都像是咬牙切齿地挤压了口腔里的什么障碍才冲出来的，嘴角还有口水泡沫冒出来。虽然口齿不清，但李梅能听懂，忙叫他不要说话。梁靓却在一边鼓励他，让他说，还给李梅当翻译。

"他说他记得欠你的钱，要你放心。"

"他说欠钱的事情，他都记在本子上的。等好了肯定要还。"

李梅还没开口就被感动了，忙叫他们不要说了，好好养病。梁靓还是拉她出来，悄悄地告诉她，来催债的人一波接一波，陈向东的心理压力越来越大，很不利于康复。她自己也很着急，之前她从来不管家庭财产，没想到欠债竟然那么多。而张虹和李梅，是她认识的人中数额较小的。

李梅逃一般出了医院。她能说什么呢？她不知道该怎么形容自己的心情，因为他们自觉而欣慰？因为自己开不了口而沮丧？因为未来不可知而茫然？她心底有个念头，像掉入海底的沉船，不敢想——或许，陈向东并没有张虹之前说的那么有钱？！

又过了三个月，李梅从电话中得知，为了减轻住院费用负担，陈向东已经回家居住，每天上午去医院康复中心做理疗和康复锻炼。当惯了阔太的梁靓不离不弃地陪同，也开始清理家里的债务。甚至辞退了家里多年的保姆！

他们不是很有钱吗？怎么会为了点住院费和保姆费计较？！李梅惊慌失措了——沉船浮上水面，满目疮痍。而她，仿佛看到了自己的外债成了疮痍上的一个泡，一股风吹过就会惨遭破灭。陈向东的口齿还是不清楚，梁靓接电话的口气开始有些变化。焦急、无奈、生气、不耐烦……听得李梅心里总是像打翻了一抽屉的调味瓶，什么味都杂在一起，味道强烈得呛人。没过多久，李梅就知道因为大量的人讨债上门，陈家的车早就被人开走了，现金归零，几个投资的地方都被肢解为别人的股份，实行了债务抵消。对张虹和李梅，梁靓采取的政策是认账不赖账。但条件只有一个——等陈向东病好了一定会还，一定会慢慢还。李梅几个月一个电话，有时候他们在医院康复室锻炼，有时候两个人搀扶着在河堤练习走路……李梅没钱坚持对汪强的透支，终于忍不住告诉了他自己这几个月的坚持和陈向东的病情。汪强虽然有钱，也没有忍住开始向李梅讨债。尽管这种债务没有借条，他深知李梅的性情，不会言而无信。

李梅感觉自己被架上了烤火架，焰火带着焦灼，肆虐地舔烧着她的每一寸肌肤。即便是汪强随意在QQ上说一下，都是把她往死里逼。自己账户上只有三万元钱，还是年底几个大业务和年终奖刚累积起来的。她还是强迫自己把卡上所有的钱都还给了汪强，并说明了情况，希望他能理解，自己会慢慢地存钱，只要有一点就还一点。

但是，还钱哪有那么容易？不过两三年时间，经济形势急转直下，不少企业滞销停产，连银行都开始出现亏损。广告公司的业务越来越难拉，自己的业务提成也像股市一样，只能用"断崖式下滑"来形容。

怎么办？剩下的几万元就是好大一个窟窿，起码需要她悄悄地存上三五年。这个窟窿像个黑洞，随时要伸出魔爪来，把她拉下去埋葬。

张虹姐姐的茶馆还开着。李梅好几次去那里，都没有再看到陈向东两口子。张虹也愁眉苦脸，说儿子年前急性阑尾炎发作，好不容易去梁靓那里要了一万元回来，把医疗费支付了。

说到底，都是这茶馆惹的祸。李梅心底的焦虑和怨气找不到出处，偶尔对张虹生出点不满。但她又冷静地告诉自己，要不是自己贪心，要不是自己自以为是的义气，实际上也不会这样惨。起码自己有多少钱借多少，不至于弄了整整二十万别人的钱来拖累自己啊！试想只有自己的十万元，自己已经不在意那笔钱了，当一年没有收入就是。甚至她想，要是春节前不是一时鬼迷心窍，把自己的十万又还给了女友，而是让陈向东还她钱，起码自己现在手里还有点结余，但如今……有好长一段时间，李梅看到路上停着的轿车，就在眼里现出车子的价格，那堆曾经自己视为废铁的东西，现在好像一堆堆的钞票放在路边。她恨不得偷走就卖掉，换成现金。

钱这东西，你等它的时候，它是漫长的时间；你用它的时候，它是指缝间漏出去的沙；你想拥有它的时候，却得费尽心机和力气。是的，在李梅眼里，钱是街边停靠的任何一辆车，是路上女人们手指上的钻戒，甚至是男人们腋下夹着的公文包……不管是什么，却都不是她的。

有时候，她觉得自己真的快疯了。而这种暗藏内心的疯狂，没人能体会。

风险控制，不是老公经常放在嘴里的话吗？要是他知道自己已经身陷这样的民间借贷，那该是多么悲惨可怕的事情啊？！李梅简直不敢想，好像随时有根打好死结的绳子，一不小心就丢进婚姻的脖子。恐惧、喘息、最后勒死，一点悬念都没有。

账还是要要的。电话里，陈向东的口齿还是不清楚，但是说话的时间越来越长，也越来越清晰。只是还钱的口吻从认账到有些不耐烦，好像欠钱的是李梅。李梅心里的焦躁每次都像吐出来的火，顺着看不到的电话线烧到陈向东、梁靓两人的手机上。

眼看借条打了两年了，李梅找不到人，还是只有打电话。对方早已不再是当年的那个人了，好在每次没接到电话，梁靓都会回个电话来。或者说在外面陪陈向东走路，或者是在医院做恢复性训练。她说，钱，肯定是有的。但是都不是现金——全部都是借条。梁靓甚至告诉李梅，陈向东相信别人到没法想象的地步，就一个几百万的项目投资，自己连一张纸都没有留下。好在自己周旋得当，花了大半年，想方设法让大股东写了一张欠条，表明陈向东的投资在企业里面。

不管怎么样，超过两年不依法追索欠债，在法律上就过了时效。李梅查了相关法律条款，电话追得更勤了。电话两头的人，也越来越不耐烦。说到最后，陈向东同意重新开个借条——张虹的债务也是这样处理的——李梅对此并没有兴趣。两年又两年，这样下去什么时候是个尽头？她决定少让他们还点，只要本金回来就好——哪怕只是朋友的那二十万元他们还了就行了。

但陈向东的话把她激怒了："李梅，我只能还你十五万！"

"为什么？"李梅像是被一棍子打到头上。

"把以前的利息算进去，我现在又这个样子，只能
还你这么多……"

李梅眼睛红了，气得浑身发抖，终于忍不住冲手
机大叫："我看你身体坏了，你脑子也坏了！那么多钱
都是我帮你借的，我怎么跟人交代？要我贴钱帮你还
账？！我的钱是给儿子上大学用的！"

"我有啥办法？我现在都这个样子了！你逼我有啥
用？就是十五万我现在也还不出来！"陈向东的话像个
活脱脱的赖皮。

李梅听不下去了，冲着手机像狮子一样吼了一声：
"我让法官跟你说，你到底该还好多！"然后狠狠地挂
了电话。

4

初春的街头，树木都带着翠绿的稚嫩，各种花儿也
次第开放，城市的大小路边都摆放了新的盆栽。李梅眼
里哪里看得到花草树木的美丽？她只烦躁着来来往往
的车辆卷起的尘浪和汽油味，以及轿车不时没理由的

叫嚣声。

李梅站在郊区法院的公共汽车站台上，低头看着自己的脚尖，心里不断地给自己打气：去吧，必须去，不去怎么行？你要面对现实，面对自己亲自种下的恶果。你不去怎么行？要不回来钱，拖着也是受罪。快去，必须去、必须去……法院，就在咫尺。她觉得自己像个病入膏肓的病人，不得不强撑着走进医院。心里除了怕还是怕。谁不怕呢？谁会想到自己会有事惊动法院呢？但是，除了这里，她找不到自己的路了——依法维权，这不是一句口号，陈向东借钱的时候不是经常给她普法吗？现在，该他还钱的时候，她得让法官给他普法。

之前，她在网上已经找到汪强发来的正式的起诉书模板，他熟悉政务，到镇法庭很容易就找到了类似的法律文本。她对号入座地把自己的情况和诉求弄好，自己揣在包里好几天。

趁着外出办业务的时间，她转了两次公共汽车才到这里。

法院门卫的检查口像是出国过安检，像模像样。三个着警服的干警或坐或站，排成一溜儿，那架势把李梅吓着了。第一次到这样的地方来，不只是找不到北啊！

她把小包放进检查口，等安检后取出来。然后深吸一口气，低头在干警面前登记。写字的手都有些颤抖——自己还是经常在外面跑的人，要是个农村妇女，不是更惨？李梅强作镇静地填完表，抬头向干警轻声问道："请问，立案庭在哪里？"

面无表情的干警指了指对面办公楼的下面。李梅看到一间没有门的大厅向外敞着，如同政务中心一样的地方，有好几个人来来往往。几步路走过去，她低眉顺眼地对站在里面的女法官说话。好在人家态度很好，看了她拿出来的起诉书，提出好几个问题，又指了指对面书写台上贴着的正规起诉书，让她去那里重新填写、完善。

李梅终于定下心来，坐下来，低着头，仔细查看自己的起诉书问题所在。又拿起笔重新抄写起来。核对完格式和内容后，她飞奔出去，在法院旁的门面房找人打印出来。终于赶在下班之前，她交了钱，提交了起诉书。

按照法律条款，自己索赔的金额并不低。李梅还是不放心，转弯抹角找到个法院的关系，说了自己的事情。这种官司是没有悬念的，汪强告诉她，不要紧张，该怎么判肯定会怎么判。

没过多久，梁靓的电话打来了，态度十分温和，用了半个小时诉说自己有多艰难：陈向东的病持续在花钱、大女儿在读大三、两个儿子都还没有成人……目的只有一个，请李梅撤诉。李梅告诉她自己起诉的原因是因为陈向东要求只还十五万，梁靓好像很吃惊："啊！他怎么这么说的？我还不知道呢！"

"我起诉只是不想跟你们那么多废话。你知道我这个人，不喜欢死缠烂打，既然都是守法公民，该怎么办就怎么办。"

"问题是你这样增加我们的负担。"梁靓知道这样的官司到最后不但是自己输得很惨，还会多几大千的诉讼费用在自己头上。

"这点费用不算啥，你们只要该还的还了，我自己可以给诉讼费。我不喜欢没完没了地跟你们讨债，还要讲价还价。"不管怎么说，李梅坚持不撤诉。

"那你就等法官说了算嘛！反正你就是打赢了官司，我们也没有钱还。"梁靓终于露出老赖嘴脸，生气地挂了电话。

那段时间，每一个来自法院方向的座机电话都让她心跳加速。她不敢想象跟陈向东夫妇对簿公堂的情形，有时候严重到想放弃这个权利的争取。世态炎凉，只有到这样的份儿上，才算图穷匕首见。想那一两年，多么和和美美的关系？而今，在庄严的法律面前，终于要像无数电视剧里那样，双方都跳起脚，相互撕皮？自己该怎么向法官控诉他们的言而无信和藏在自己心底的煎熬等待？

　　两三个月过去了，有一天李梅终于接到法院的电话，要她去参加庭审。

　　李梅压制着心底的恐惧，先给单位领导电话请假一天，然后慌慌张张地换了衣服，打的去法院。她问了好几个穿制服的，才找到法官要她到的地方。竟然不是法庭？！她看到一间三十多平方米的办公室，三张大办公桌。一个短发中年妇女背对着门，坐在电脑前打字，另一个年轻的，站在她旁边的办公桌旁整理文件。

　　"请问……"李梅犹豫着敲门。中年妇女转身问："李梅？"

　　"是的。"

　　"进来！"

　　李梅好不纳闷，不是开庭吗？被告呢？法庭呢？黑色的法官袍呢？！

　　"根据你们的案情，本案采取简易形式开庭。被告因为身体原因，给法院寄来了书面辩护……"中年妇女就是法官，她看了看站在身边的李梅，仍然面向电脑坐着。但显然，现在已经开庭了。

李梅觉得自己开了眼界，心里也轻松了，起码不用直接面对陈向东两口子，不会因为言语不合在法庭上大吵大闹。这让她如释重负。她不是知识分子，骨子里却有着类似知识分子的羞怯，或许只是因为她遗传了教师妈妈的基因。她好奇地看着法官的电脑，竟然是"庭审记录"。最神奇的是，庭审记录已经基本写好，法官只需要在问她的话后进行"填空"——这分明就是法官和她一起来做一套填空题。

法官让李梅陈述了事实，然后把陈向东的辩词在电脑上的"庭审记录"里指出来，逐一问她，边问边把她的话打进"庭审记录"里的空白行。

"陈向东认为你已经支取了他生病三个月前的每个月百分之二利率，所以应该在借款中扣除。他向你支付了每个月六千元，十五个月的利息，一共九万元。所以他认为自己只需要支付剩下的二十一万元。"

"但是，这种利率不是在法律保护的范围之内吗？"李梅皱着眉头，心想，你不是无耻地说只还十五万吗？

"这个你不要管，我们晓得判定。你只回答他的这个十五个月利息已经给你是不是事实。"

"是的。"

"你有啥说的？"

"当时他借钱的时候就给我说这个利率标准是法律保护范围之内的，不算高利贷。我想依法办事，这是我应该收取的利率。所以要求他还款不能扣除这个钱，还要追加拖欠了快两年的利率。"

法官连看都没有看她一眼，一直边问她边用双手手指在电脑上飞快地填着空。李梅也一边说，一边盯着电脑，看她打字。

这样的庭审，是她在家里想一辈子都想象不出来的。李梅完全忘记了恐慌，跟法官像同事们在办公室修改文案。只差没有闻到法官的发香。

事实清楚得几乎是简单明了。庭审不到半个小时。法官让她从头到尾看了一遍，没有问题之后，打印出来，让她签了个字。

走出法院，李梅像是跟业务单位谈了一笔业务，带着新奇和愉悦，搭公共汽车回了家。舒舒服服睡了一个午觉。

下午没有什么事，家里却来了个远亲。李梅爸爸堂弟的老婆、李梅叫婶婶的张群华登门拜访。婶婶跟他们一家多年保持联系，关系不错。他们的老家在同一个县城，虽然相隔几十公里的路程，但见面倒也方便。婶婶的女儿已经工作多年，自己早就退休，有一个门面房补贴退休工资，老两口收入不错。婶婶除了爱好麻将，也有广泛的社会关系，是个生活优越、热心的大妈。

婶婶单眼皮、皮肤小麦色，年轻时候不年轻，老了却显现出了优势，相对瘦得像猴似的叔叔很是青春勃发，看上去比实际年龄起码小十岁，完全看不出已经六十出头。她常常到小辈家看看，还对小辈的家庭安排进行指导，啰唆是啰唆了点，但是因为都是她一片好心，又能和大家打牌唱歌玩到一块儿，所以深受家庭成员们的喜欢。

李梅惊讶地看到婶婶竟然瘦了，进屋来连笑容都没有一个，坐在沙发上理也不理李梅，倒是自己发愣。李梅赶紧倒了茶递到她手上，轻声问：

"怎么了？婶婶？"

张群华接过茶杯，转头一看她便顺着脸颊流下了两行泪来。李梅心痛不已，忙搂过她的肩头，拍拍她后背，温言问："没事没事，慢慢说，怎么了？"

"我现在在城里打工……住在叶家坝那边。"

"啊？！怎么你会来打工？"李梅怎么也想不出来，这过着优渥退休生活的婶婶会跑市里来打工，挣辛苦钱。

"我欠了别人很多钱……"婶婶一口水也没喝，放下茶杯，垂下眼帘，眼睛小得像根短短的弧线画在脸上。

"为啥？怎么会？你咋欠起的？欠谁？欠了好多？"李梅有点急，发问像没停住发射子弹的机关枪。

"呜呜呜……"婶婶的头干脆低得放在了双膝上，双手抱着头，哭得厉害起来了。

李梅觉得自己情绪过于急躁了，忙扶起她的头，右手抓住婶婶的左手，左手在她背上从上到下地抚摩着。

"好了好了，不急不急。慢慢给我说。"

婶婶的头无力地靠在李梅家乳白色的皮沙发上，李梅抽出左手，紧紧地抓住她的右边臂膀，怜爱地看着她。

张群华从大哭到呜咽，肩膀抽动也慢慢缓和下来。李梅又端起茶杯，让她喝几口。十几分钟过去了，她终于安静下来。

原来，她投入了自己多年来的积蓄二十五万到一家投资理财咨询公司，公司给的利息远远高过银行利息。每个月按照百分之一点五的利息给她，她的银行卡上每个月就有三千七百五十元到账，比退休工资高了一倍以上。这让她的心思活跃起来。投资公司经理经常鼓动她去亲朋好友处借钱来投资，还教她一个窍门，给借钱的百分之一或者更低的利息，自己就挣些"手续费"。

张群华感觉挣钱容易，但也专门去考察了一下这公司。报纸上有副市长出席开幕仪式的新闻、闹市区有一层楼是有产权的。名气和实力都能够让大家有目共睹，她便动了心。几个闺密见她也是有实力的人，毫不犹豫地借钱给她。整整四十万转到投资公司，公司跟她签了合同，也给她看了投资项目——某房产公司买了一块郊区地皮，准备开发联排别墅，结果遇到银行贷款收缩，只好向民间机构融资。她自己感觉这个项目不错，试想这么多年，住房涨了两三倍，但是别墅的价格却是接近十倍的涨啊！

每个月进账更多了，她唯一的事情就是收到投资公司打过来的利息，再除去自己的，打给闺密。简简单单的账务，结结实实的收入，张群华感觉自己退休后才成熟了一样，成长为理财高手，大有大器晚成的意思。因此她日子过得风生水起，跟姐妹们国内游、国外游，爽朗的笑声洒满全球。

好花不常开。投资理财公司开始出现了利息滞后，随后是利息到不了账，她急了。经理解释，说是项目建成了，但是销售情况不好——不知道为啥，人们没那么热衷于买房了，更不用说价格高昂的别墅。

一个区县，能有多少人买得起别墅？李梅听得沉重，心里像坠着个铅球。

公司的利息跟不上，姐妹们却没有停下追问的节奏。张群华不得不给她们摊牌，但是她们并不买账，天天来家里讨债。多少友谊的船就是这样翻的？她没有想到，挣钱的时候大家都你好我好，轮到问题出现，闺密的脸比朋友圈广告刷屏还快。而自己，因为有中间的利差，连话都不敢说。她们刚开始还是天天登门，后面讨债越演越烈，除了晚上回家睡觉，几乎就赖在家里不走了。每天中午她还得好吃好喝祖宗似的伺候着。

不到三个月，公司被县金融办界定为非法集资的公司，公司楼还在，人却没了。连经理的电话都换了。他们几百号投资人开始找政府、找公安、找工商，都是白费劲。钱按理是有的，但是需要清理账务，需要拍卖资产……驴年马月能拿到钱？

"那现在怎么办呢？"

"他们要我卖门面，卖了门面也是可以还钱的。但是广告打出去了，一个询问的电话都没有。"

"现在这个经济形势，现金为王。谁会动大笔现金买门面？再说你看大街小巷关门的门面好多。以前动辄十万二十万的门面转让费，眼下你就是倒贴给别人别人也不接招了。"

"那为啥你来这里打工呢？"李梅接着问。

"她们天天待在我家总不是办法。我出来了她们也不好意思缠着你叔叔不放了。我们最后商定，我每个月还三千元给她们，还到有钱一次性再还给她们。"张群华见李梅看着她，又接着说，"现在门面每个月租金有一千元，你叔叔和我的退休工资三千二百元，我跟几个农村来的妇女给保洁公司做保洁，能挣点生活费和医药费。"

"公司那边总应该可以要点钱回来吧？"

"能的。就是要等。所以你叔叔就守在家里等消息，我出来打工。能还好多算好多，等到公司的钱出来一些，可能就好了。"

李梅的心被揪痛了。十年，婶婶的老年生活就这样被套上了枷锁。要是几年后找不到零工打了呢？要是那资产十年都处置不了呢？李梅的眼泪忍不住掉下来。婶婶的女儿也是中年妇女，儿子成绩不怎么样，好不容易上的三本，每年花钱也是大把大把的，完全没法帮助爸妈。而李梅自己，又有什么办法？

李梅没有想到，自己落进了海水，发现亲人竟然也在海水中泡着。所谓的"投资高回报"，不过是一口咸过一口的海水啊！当年，她们都甘之若饴，却没发现危险像鲨鱼潜伏在水底，随时会吞噬她们。

李梅好好地安抚了一番婶婶，出主意怎么早点处理掉门面，还马上在招聘网站上给婶婶注册登记，留下了婶婶的电话号码。多些人帮你卖，给点手续费是应该的。她告诉婶婶，自己也十分缺钱，没法帮她。能卖了门面，是最快解决问题的办法。至于公司那边，不要去上访闹事，要密切关注事态发展，该领钱的时候不要错过了。

"钱这东西总是身外之物，身体才是最要紧的。只要你们身体健康，吃喝花不了多少。投资的钱，能要回来多少算多少，省着花，也能过日子的。只是不要再出门旅游了。"

"哪里敢想？现在就指望这边稳住她们，那边等点钱回来。以后再也不相信那些投资公司了。"

"你还能有财力想吗？"李梅心里暗想，没有接婶婶的话。

临走，李梅还是从床头柜钱包里取出五百元现金，硬塞到婶婶手里，要补贴婶婶两个月的房租费——婶婶跟一个中年女人合租郊区，房租还算便宜，只是每天早上过五点就得起床，晚上过九点才回租房。都坐公共汽车。

5

晚上，李梅给老公简单说了婶婶的事情。他皱着眉，一声叹息，说上午才去市金融办开会，要盯紧参与非法集资人员的动向。没想到婶婶也参与进去了。不过一会儿又说，有几个人没被高利息诱惑呢？！听政府的人说，有家属还上百万地投资进去，搞得家里鸡飞狗跳，一夜致贫，甚至负债累累。

"还是银行靠得住。利率低点，起码本金在。"

李梅听他几句话，头皮便发麻起来。自己就是倾囊而出，还有一笔外债。官司的事情她硬是没有让任何家里人知道一点点消息，连最亲近的妹妹也瞒得紧紧的。

虽然她常想，要是那笔钱能收回来，自己是多么富有。她清楚地知道，就像海市蜃楼，出现的概率太小，而且遥不可及。她只有努力地不去想，天天把自己的工作和生活都安排得满满的。

只有忘记了钱的日子，才像日子。

李梅的工作进展越来越不顺利了，公司里的业务也因为企业发展出状况、互联网的冲击少了很多。首先是企业投入广告的钱少了很多，以前自己的一个大客户削减广告投入高达百分之六十，原因是企业自己做了微信公众号。他们锁定自己的目标客户，聘用"九零后"发展新媒体，任何一个文案出来，都是音乐配美文，内容丰富，几乎可以说是美轮美奂。连搞活动，也不用广告公司跟进了，自己几个年轻人搭台唱戏，弄得像模像样的。跟纸媒一样的外部公众平台，显然少了手机客户端这样能装很多内容的优势。喊了好几年的降薪终于来了，所有工作人员基础工资都比头年降了百分之三十，加上提成减少百分之五十，合起来这真是个可怕的数字。每个月进入工资卡的收入，几乎保持在低保线上，刚够生活费。

她不知道未来还会怎么样。她所在的广告公司还是本地实力派，但是裁员和倒闭的风声依然像夏日的酷暑，来得不经意却很是猛烈。每次同事在外面聚餐，都免不了在一起长吁短叹一番。

挣钱难，这是李梅几年前完全想不到的事情。两三年前她还就经济下行了解过，网上有言论称这轮下行短则十年，长则二十年。她紧张地咨询学经济分析的朋友，朋友认为，只要自己没有银行贷款，正常生活是影响不了的。尤其像她这样，没有高额资产的，更是无关紧要。

她以为，这跟网络炒作的新闻一样，自己只是旁观者。谁料到，事情并没有想象的那么简单。没有一个人不受影响，没有一个人逃得过。就像龙卷风席卷一个地区，每棵草都会被翻卷升空一样。

"每一张平凡的脸上都刻着历史风云。"她突然想起一个作家说的这句话，何其经典，但有几个人明白？

偶尔有现金业务处理，也不过是一两万。但就是那一两万在银行数钞机上哗啦啦翻动的时候，她会目光呆滞地恍惚起来：天啊！我曾经有三十万，得翻多久啊？这哗啦啦的声音得响多久啊？得垒多高啊？会不会有我人这么高？钱啊！我的钱哪！她的心总会被搅动起来，耳朵听一声，心脏就被刺痛一次，声声入耳，痛得满身都是血泡在冒。

过了没多久，法院来电话，让她去取判决书。

轻车熟路，她找到了那两名女法官的办公室。李梅没有想到，法院主动对诉讼费进行了减半处理，只需要她填表后一个月内转到她的银行卡上。判决书上的数字也是她满意的，除了本金一分不少之外，还有一笔可观的利息。只是这笔钱封顶了，不管陈向东他们欠她多久，就是这个数字。她还是满意的，四十多万啊！巨款！最起码，不用老是电话催他们，不用在电话里跟他们吵架了。

依法追债。她想，自己已经做到了。

"在半个月之内如果对方没有提出异议，判决就生效。生效后三个月不执行，你可以再来申请强制执行。"法官还是面无表情，逐一交代后续事宜。李梅的心里却是舒坦愉悦的。她脸上满是藏不住的快乐，像个在老师面前的学生，不停地点头，不停地说着"嗯、嗯、嗯"。

"他们也会来拿判决书吗？"李梅问。

"我们会给他们寄去。"女法官平静的声音里有着难得的温情。人性关怀，难道不是执法机关干部应有的？李梅虽然有点担心寄信能否投递到位，但也感受到了温暖——虽然被温暖的人并不是她，甚至是她痛恨的不守信用的债务人——人家也是事出有因的。恨归恨，她也觉得陈向东两口子是可怜的。

之后没有电话。对方平静得像从来就没有这码事。

李梅看着判决书，心里十分愉快。四十多万，扣除朋友的十余万，自己还有三十万，这是多么可观的数字啊！放在点钞机上，会哗啦啦不停地响啊！即便是出国，每年两次，也要十年才能花完啊！要是不工作，自己可以玩整整十年啊……是的，她忍不住要做白日梦。多么惬意！多么美好！她恨不得时间被冷冻，美好光景就原汁原味地停留在这一刻。这想象中的一刻。

她又忍不住想，看到这么实打实的利息，难道他们不上诉？陈向东会不会气得跳起来抓狂？这判决跟他说的十五万实在相差太远，远得如同现在的他要跌跌撞撞地走到青海吧？他不是很有钱吗？不是信誓旦旦地保证自己信用好得超群吗？不是说这利息是受法律保护的吗？他为啥不把自己的未来打理好？连一点储蓄的备份都没有，只留下无数张借条？

他们肯定是不会上诉了。他们没有钱打官司，也不会有钱上诉。他们现在是一听说钱就在颤抖吧？一听见电话就慌张吧？一看到债权人就躲避吧？李梅想象不出他们的生活，就像想象不到自己的未来一样。

　　不管各种念头怎么在脑海里开水般沸腾，李梅的表面仍然平静得如同人工湖的湖水水面，家庭生活没有起一点涟漪。只有微信上，有着相同诉求的张虹关心了一下判决结果，说是她也时刻准备着，去法院依法讨债。当然，李梅明白，这时候，自己就是一个标杆，被注视。一旦讨债失败，张虹还是不会去花这个冤枉钱的。这一两年，民事诉讼案都是这类民间借贷，能通过这个渠道收到钱的有几成？恐怕一成都没有吧？

　　李梅想过千百遍，总结最终还是一个词害了自己，害了所有的人，那就是"贪婪"。人为财死，鸟为食亡。真理，颠扑不灭的真理。而家庭，这个社会稳定的基础，像颗孕育着巨变的核子，因为"秘密"暴露随时可能爆炸。李梅潜意识里非常羡慕婶婶和张虹她们，她们有丈夫可以诉说，可以分担，但是她自己却是一个人扛。扛得每天都像是在走独木桥，来不得半点粗枝大叶，只要稍微不小心，自己便会掉下深渊。

　　"我的头是颗沉重的地球。"她脑子里突然想起年轻时一个朋友的诗。朋友早就失踪一般没有了踪影，自己却感受到了这样的生存之重。

　　事已至此，还是只有走着瞧。李梅好不容易熬过半个月，打电话到法官办公室，得到的消息如她所料，对方没有上诉。

　　那么就是等执行了。李梅和陈向东的生活像是两片毫不相干的天空，中间隔着一片寂静的山林。

　　李梅不再胡思乱想，她从头到尾都享受着这种等待。由于汪强从头至尾都在参与关注这个官司，甚至有朋友在法院关注着动向，所以再也没有在 QQ 或者微信上说起还债的事情了。李梅也就轻松了不少。不过她仍然保持向他汇报的习惯，还一再嘱咐，不要让自己家里人知道。好在随着债务问题凸显，虽然他与家里人都认识，但交往逐渐减少，现在几乎算是没有往来了。他们剩下的交流也仅限于网络和极少数时候的电话。

　　有时候李梅想，所谓世态炎凉，应该不能算上汪强这样的朋友。毕竟，他是信任她的，而且，起码没有像婶婶的那些闺密一样穷追不舍，还有点儿空间是留给她的。但她也明白，不管官司执行得怎么样，汪强的投资不会亏。即便是收不回来，她一样会还他。迟和早的问题。

　　为什么自己就是这样的人？不合时宜，自作自受。李梅很难过，但是又不能说服自己，信用这个东西看起来是个虚无缥缈的东西，但她却必须放在心上。

6

时间这个东西，对于三十岁之后的中年人来说，像风一样来来去去快得抓不住。相对轻松的日子，更是无声无息，几个午饭晚餐之间，一天一天地溜过去了。三个月到期后，李梅几乎是很高兴地去了法院，申请法院强制执行。

之前听说法院强制执行也是要收钱的——潜规则。但李梅在法院办公室一路问来，人家一口咬定不收，她心里别提多高兴了，要是百分之二十、百分之三十地提前交钱，她可没有办法承受。办了相关手续，她又给汪强汇报了情况。法官帮忙讨债，她感觉自己有了靠山，心里踏实了很多。

李梅忍不住问汪强，能不能请执行局的法官出来吃顿饭？汪强好歹在政府系统上班多年，执法部门，总是有点熟人的。他回答李梅的是斩钉截铁的"不用"。原因很简单，现在陌生人的饭，谁敢吃？就是同事同学同乡，都不可以随便吃饭的。大家都习惯宅在家里了——吃饭有风险，还不是一般的风险，还可能是陷阱，不知不觉就掉进去了。

谁都可能是犹大。没有人愿意拿饭碗开玩笑，就像没有人愿意醉驾一样。

汪强给了她两个法院执行局局长、副局长的电话。她知道他们私下关系不错，但是那是他们，这官司是自己的，肯定得自己去法院找他们。又请假。反正业务员都在外面跑业务，李梅实际上连假都不用请的。不过不请假就得报告工作成效，她不想编故事。

执行庭二十多平方米的办公室颇为喧嚣。法官们忙忙碌碌，有的在看卷宗，有的在讨论案情。局长坐在最里面的角落里，高高大大，浓眉大眼，看了一眼站在面前的李梅，转头叫了一声"李博"，外面进来一个瘦高个的年轻人。

"你把她的卷宗拿给我看看。"局长说。

叫李博的法官转身拿来卷宗，局长就问了李梅一些情况，让李梅记下李博的电话号码，再跟李博好好地就执行情况交流了一下。最后还笑着让李梅放心，必要的时候，他和法官亲自跑一趟。

从法院出来，李梅感觉浑身充满了力量：局长这么好，执行还会难吗？她一方面感觉汪强的关系网很强大；

另一方面也认定自己是个好运气的人，总遇到好人。

　　几天后的一个上午，李博通过法院的执行平台发来了短信，大意是经过查证，陈向东账户上的余额，一个信用社的，只剩几十元钱。李梅眼里一愣，心里有点凉，心想当年自己的钱不是通过工商银行转过去的吗？他连工商银行都没有查！再说，一个家庭哪里可能只有一个账户？

　　她忙给李博电话，李博没有接。

　　下午，又打，还是没有接。

　　如果是李梅，没接到的电话必定要回过去的。但是两三个电话没接的李博并没有回电话。李梅只好给局长打电话说情况。局长好言好语安抚她，说自己会转告李博法官，让他继续查。

　　过了一周，李梅忍不住打电话给李博。电话里李博的声音又硬又快，"你是哪个？！我在外面忙。""好，晓得了！"

　　五六个月时间，自己记不清打了多少个电话。每个电话第一句话都是：你是哪个？！执行法官李博你真有这么忙？半年了！李梅想是不是自己没有送礼的原因？或者是真的，要先交起码百分之二十的执行费？

她决定自己去法院守着，她要跟法官面对面地说。

李梅干脆请了一周公休假。不打电话，每天到法院执行庭上班去！第一天，人家全院开会，然后又是执行局开会，会开了一整天。李梅守在法院大门口，在立案庭里坐了一上午，下午在下班时间进了执行局。

李博冷冷地叫她第二天早上来。

第二天早上一去，李博给她说，自己接到任务，马上有个案子要执行，必须出差两天。

"你周四来一趟？"李梅感觉自己被耍了一样，你要出差电话告诉我一声不就行了吗？还要我转两次公交车，路上费了五十分钟到了你才说？

但是自己能怎么样呢？难道像对待家里的老公一样，抱怨几句或者干脆臭骂一通？她什么都不能做，还不能把表情控制得不够好。

"哦！好吧，我周四再来。"李梅应声走出了执行局办公室。

周四早上，李梅又一大早出发，九点钟准时到达法院。李博坐在凳子上，敲着档案，头都不抬一下，告诉站在他面前的李梅，通过他的调查，现在陈向东没有可以执行的资产。

然后问她："你还掌握什么情况？"

"他不是有那么多的投资吗？"李梅纳闷。

"有哪些投资？我不知道。"

"章县有酒店、西北有矿产啊！"

"我没有查到。"李博的话简短有力，冷硬得像冰块向李梅劈过来。

李梅心里烦，却不得不面无表情地听着。

"你可以去找陈向东他们问清楚，给我说。或者找到他们，再通知我，我过来，坐到一起说。"李博又说。

原来他至今没有见到陈向东夫妇！他们就住在那里，地址没变，电话没变，一切都写在执行书上的；他竟然没有去过，没有电话过……李梅心里恨不得有枪毙了这个无能、不作为的浑蛋。但是人家是谁？是法官！她脸上还是有忍不住的不满，眉头皱成一堆。

沉默好久，她说："好吧。我自己去找。"

约见梁靓有点难，几乎跟约见执行法官一样。不过最后还是见着了。在他们以前老在一起的茶馆外面——张虹的姐姐把这小茶馆转让出去了——生意并不好做，及早收手是明智的选择。

下午时分，以前最热闹的时候，除了有两三个雅间里有麻将声传出来，小小的大厅里没有人。坐了十几分钟，梁靓才匆匆而来。不管怎么样，李梅还是感谢她几年不躲不闪，还可以坐下来。她对梁靓用嘴抿出一个微笑，问她："你喝什么？"

梁靓一屁股坐下，然后转头对吧台的姑娘说："来杯绿茶。"

然后跷起二郎腿，脸上表情丰富起来，像是不满，又带揶揄地："叫你不要打官司不要打官司，你这么一来未必可以拿到好多到手上？"

李梅放松起来，也跷起了二郎腿："哎呀，算了，我懒得跟你们讨价还价。你老公当时确实把我气疯了。"

"他人不好，你也跟着不好？有事商量着办嘛！"梁靓角色转换得很快，完全没有家庭妇女的局促，说话做事都恢复了保险工作者的精明。

"怎么商量？他一口咬定只还那么多，我怎么跟朋友交代？我不可能让他们把利息都扣成本金嘛！这么简单的问题他都理解不了，我当然只好依法办事了。再说，几年前他借钱的时候，一再给我说受法律保护的。"李梅压低声音说这话，希望气氛能够和平一点。

"法律保护，你说得简单！我们没有钱，法律怎么保护你？就是判决了那么多，我执行不了，还不是没有用？！"梁靓说这话的时候嘴角带着讥讽，脸上带着嘲笑的意味看着李梅。

"算了，不讨论这个。"李梅打住废话，"请你出来，就是商量一下，你们的账务现在怎么样？能怎么执行？反正不是我找你就是法官找你，我们交流可能比法官交流方便些。这些日子你也看到了的，我不是无情无义的人，也来看望过你们好几次，没提还钱的事情。我也等了你们一两年了……"

"我知道你不是翻脸不认人的人，但是你要替我想一下嘛，当初借钱我啥都不知道，只是听说有借，谁想你借了自己的，还借别人的？陈向东这一病，我才知道家里的三角债理都理不清。"

"我知道你难，也觉得你不容易。但是，你不是说，我和张虹这点钱都是小钱吗？你不能不顾情分，小钱都不还嘛！"

"我没说不还，要怪只怪你们自己不动作快点。那辆车子，陈向东一生病就有人来开走了。还有催债的早就把可以执行的财物拿走了，还有能够抵债的借条都拿走了的。"

捡狗粪都要走在前面！何况是捡钱？！李梅懊恼不

已，叹了一口气："我们就是因为关系好，才不想那么势利、那么快难为你。你倒不领情！"

听得这话，梁靓拉开嘴角，似笑非笑，从包里拿出一摞纸来放在茶几上。"来吧，我给你说一下，现在还有两笔债务，只要你能收到，你的钱也就能收到。"

李梅心里舒坦了不少，脸上也露出笑容。她跟梁靓两人头碰着头，了解这外债情况。梁靓带来的一大摞东西里面，有两张借条对李梅有用。一个外地中年男人和一个本地中年女人，欠他们的钱加上有一百六十万元。这对男女很奇怪，不是夫妻，但是借的钱却是相互转到对方的账户内。

"他们是情人吗？"李梅问。

"不知道是啥关系，反正两个人关系密切，现在还在一起。我打过好几次电话，从来都没有拒绝接听，态度都好得很。一句话，认账不赖账，人也不在本地。"梁靓十分无奈地说。

"现在的人都这样。"李梅嘴里这么说，心里想，你们不也是这样的吗？

"我都查得很清楚了，这女的父母住这里。"看来梁靓做了不少工作，连这个都查出来了。她把写有女人父

母地址的字条递给李梅："还有，目前，这女人是最有
希望收款的。那男的毕竟是外省人，鞭长莫及。"梁靓
又给她找出女人身份证复印件，复印件下方写着一排地
址和房号，说是她在某别墅区里的房屋情况记录。

"他们不是说他们在外地吗？这房子难道空着？你
如果起诉他们房子可以拍卖啊！"李梅说。

"我哪里有钱给诉讼费？都像你这么敢动不动就起
诉？"梁靓撇了一下嘴。

"你可以申请法律援助！"

"我不认识人。"

"我可以给你介绍。她欠你的钱，你起诉她才可以
强制执行。我和她没有直接关系，是很难间接执行的。"
李梅已经从汪强那里学到不少法律知识了。

"你自己先看看，一起找这个人，找到了人，你通
知一声，我和你一起去收钱就是。"梁靓对法院和执行，
显然是没有任何信任的。她告诉李梅，那么多债权人，
只有李梅起诉了他们。

"你们晓得我是习惯机关作风了，该怎么就怎么。"
李梅抬了抬眉头，很是无可奈何。

李梅收过所有欠条和身份证复印件，坐着跟梁靓闲

聊起来。

"到时候我们还是要商量一下还多少，这个判决太高了。"梁靓补充说。李梅眼神有点呆，没有回答她。

两人没坐到一个小时，该说的都说了。离开茶馆之前，李梅便给执行法官李博打电话说了这边的情况。李博忙让她们就地等着，他马上过来。

不过二十分钟，李博拿着文件夹从路边一辆车里冲出来，一落座就摊开文件，做起"笔录"来。

"你到底打算怎么还账？"

"法院判决不是搞来耍的！"

硬邦邦的没几句话，就把梁靓惹火了："你这是啥态度？我又不是犯人！"

"我是实事求是！"李博的声音并没有低下去。

"我不想跟你说！"梁靓站起来，转身准备走。

李梅忙站起来笑着拉着她坐下，说："都温柔点嘛，好好说行不行？"

梁靓干脆对李梅嚷道："换，换个法官！你看他这是什么德行！"

李梅用手拍拍她的肩膀，温言说："年轻人嘛，火气大点，莫计较。"

　　李博并不理她，低头开始清理李梅交给他的两张借条和身份证，嘴里开始问两个女人。

　　梁靓的大眼睛里冒着火，回答口气也硬得像石板。李梅觉得这个场面颇为好笑，明明自己才是冤大头，明明自己的情绪才该是最差的，结果自己成了调解人。

7

　　李梅动用各种力量寻找那对男女。她找到公司经常接触的一个记者朋友，记者朋友又给她介绍了一个公安局的中层干部。这个人帮她做了两件事情，查看两个人的户籍和家庭住址情况，这跟梁靓查到的没有什么区别。另外一件事情是约警官出来喝茶，在闹市区的一个茶楼里见了一面。李梅的想法很简单，要是能有个公安局的陪着她去一趟别墅区，看看那房子里住人没有就行。

　　没想到中年警官一听她的话就笑了。他当着记者朋友的面讲起了故事："前几天市里有个文化名人找到我，说有个企业欠了她好几十万元投资款，要我派出干警帮她收账。你说这是不是聪明一世糊涂一时？公安干警是帮人收账的吗？"他见记者一脸严肃，李梅的脸上也有点挂不住，声音便温柔起来，继续说道："我们这几年接触了不少你们这类纠纷，很多都是聪明人，但是你们连基本的法律都不知道，现在哪个干警敢利用工作之便干这种事情？除非他不要饭碗了！你看你们，辛辛苦苦挣点血汗钱，怎么借钱出去的时候都不想想，每一块钱都来之不易？也不想想这种回报是不是可靠？"

他又摇摇头，说："这个社会的人怎么都这样？老是想高回报，一点风控意识都没有。"

记者朋友打圆场，忙问能有什么办法打听到这两个人的底细？毕竟干警接触社会的面广。

警官笑了，说："这个倒是可以帮你留意的。你把这两个人的信息发我。"

李梅赶紧应声，要了警官电话，把两个人的信息传了过去。

过了几天，警官真的打电话过来了。他告诉李梅，这个男人是几年前外地驻本市的商会会长，但是不知道为什么，很多钱挥霍一空，还欠下了不少外债。就是这几天，还在外面被讨债的人打得头破血流报警呢！过得这么惨，但是他儿子却早就去了美国留学。至于这个女人，打听不到任何消息。

这么快打听到这个，还归功于干警多次出警回来闲聊，说起生意人的命运，这个名字太耳熟，警官仔细一对，发现就是李梅要找的这个人。

"那女人说他们都在外地，分明是撒谎了！"李梅打电话给梁靓。

她又电话打给法官李博，李博说："没办法。"

李博早就告诉她，欠钱的是陈向东和梁靓两口子，别人欠他们的钱，法律关系上，是跟她无关的。

她的失望越来越重，整个人沉重得像铅做的，走路都提不起精神，鞋子拖在地上发出低沉刺耳的声音。

梁靓也十分着急，毕竟只剩下这一笔债务没有抵消，就算还了李梅和张虹，自己还有百万结余。要是能要回来，自己好歹算个中产，要不回来，家里日子就不是一般的难过。现在丈夫的医疗费用全靠一个投资企业的老总挤牙膏似的给点，自己卖保险挣钱并不容易——"一个卖保险，全家不要脸"，卖保险的，在很多人眼中，还是像骗子一样被防范着。

周末的一天，李梅跟着同学去闹市区喝茶，正说着话，李梅便被厕所外贴着的一张 A4 纸吸引住了，"代收欠款"几个红字像砖头那么厚重。她假装上厕所，在门口洗手的时候把广告纸上的电话号码输进了手机。

百分之二十的提成，收款成功才交。李梅算了一下，起码自己还有百分之八十，还掉那几万，自己还多着呢！只要能收回欠款，哪怕百分之三十、百分之四十呢？！她觉得自己好像走入了一个灰色地带，身不由己。但是，她能怎么办呢？

她很快与对方见面。约在公园里的湖边，对坐的小伙子看上去三十出头，方圆脸，脸的皮肤上有大大小小的坑，感觉很有点不怒自威的味道。"涉黑"这两个字，简直就活生生地刻在他的脸上。李梅有点怕，但还是多喝了几口水，强迫自己镇定下来，跟他讨论起案情和执行需要确认的细节来。

小伙满脸诚意，仔细听她介绍她的这个三角债。收拾好给他的借条复印件和身份证复印件，留下他的号码，又闲聊了一会儿，两人告辞。

临走，他说，他们会很快答复她，能否执行。

一周里她接到了这人的回话：没法办。李梅当即就蒙了，这样的公司不是有着极为广泛的社会关系吗？不是有一般企业没有的强硬手段吗？怎么也会这样快就放弃？

她的精神垮得如同夏天的泥石流，她被埋在了泥泞之中，世界是漆黑的一片，全身都没法挪动。她觉得自己窒息得快要死掉了。

8

汪强的儿子成绩不好，当年在广州一所三本大学念书，学费不菲，还选的是最流行的三加二，三年广州两年巴黎。眼看儿子快出国了，需要用钱，可这边的欠款还没收回来，可他把电话打给李梅的时候，李梅已经病了，请了假躺在床上。

"说好我儿子读大学就要用的，都这么久了。"汪强好像完全忘记了，这一年多时间里李梅的各种努力。

"唉，我有啥办法？啥办法都想了。"李梅的声音很是虚弱。

"你不是还有老公吗？问你老公要钱啊！"汪强说。

"你晓得的，他从头到尾都不知道这件事。要让他知道了，我这个家还不就完了，不就散了？"李梅有点急。

"不行，如果你老是凑不起钱，我只有问他要了。夫妻共同财产你可以分一部分出来的。"

"哎呀，求求你了，不要给他说！我再想想办法！"李梅像被针刺了一下，急得跳起来，从床上翻身就起来了。她告诉汪强，就是借，她也会借钱还给他的。

汪强听了，不说等，也不说不等，甚至连再见都没说，就挂了电话。李梅发现自己不能等法院执行，也等不了陈向东夫妇有钱，只有自己伸手借钱了。这么多年的广告业务，自己的人脉是很好的，好几个老板因为业务关系都成了朋友，区区七万，应该能借到吧？从床上倒在客厅沙发上，她的脑子飞快地旋转起来，每个有钱人的名字都在跟着旋转。是的，她需要筛选一下，甚至还需要多找几个人借钱，这样，人家借得也更爽快些。

邓总，个子矮小敦实的小房地产商，从来不贷款，办事稳当可靠。家族企业搞得不大但也不小，虽然只修了一个商住楼盘，但给自己兄弟姐妹一大家子单独修了一栋，还装上电梯，好不让人感动。她马上在微信上呼叫邓总，闲聊两句，然后很不好意思的样子，说了自己家里有点事，需要借五万元钱。

邓总并没有继续用微信跟她聊，电话打了过来。李梅心里感动，起身坐起听电话，好让别人感觉精神好一点。邓总并不问李梅的钱拿去干吗，而是给她"汇报"自己这段时间的工作：他准备与区政府合作，投资一个素质教育项目，不但把钱投入了规划设计，还已经划地在郊区开建。银行的贷款正在紧锣密鼓地审批之中，工地上的流动资金随时都需要数百万。

"手里真的是没有现金了。"他十分抱歉地说。李梅表示理解，两人互相温柔地说再见。

李梅放下电话就难过起来：这就是有钱人和穷人的区别！人家上千万的项目，数百万的资金像水一样流动，而自己这几年，就为了几万元焦头烂额。

休息了片刻，李梅抛开乱七八糟的念头，又想到了千万富婆秦姐，几万元对秦姐来说，岂不是九牛一毛？

李梅还是在微信上呼叫秦姐，问她是否有空坐坐？秦姐没有回应。直到晚上，秦姐才看手机，在微信上告诉李梅，那时候自己正在郊县的房产项目工地上开盘收款，忙得不可开交。

确认秦姐暂时没事后，李梅进了书房，关门，再电话过去，先关心了一下房产项目的情况。秦姐告诉她，这个项目并不是自己愿意搞的，是借出去的几百万元人家没法还，拿郊县的一块地抵换的。明明借出去的是现金，却只能得到一块地，否则什么都没有。没有办法，他们只好自己引进开发商，共同开发。折腾了一年多，才修好了商住楼，开盘，算是把现金收回来。

好不容易说完这事，李梅碍口识羞地说起借钱的事情。秦姐一声叹息从手机里传出来，不说借，也不说不借，又给李梅讲了自己遇到的另外一件事情。那是她去年遇到的事情。拍卖公司竞拍市中心一块地，她交了四百万元的保证金，这是行业规矩。谁知道第一次就流拍，一周后不见保证金回来，她电话咨询对方，对方说流拍好啊！流拍一次地价就下降百分之十，等等，即可参加第二次拍卖。于是又等到第二次拍卖，结果很快第二次又流拍。她还是没有等到保证金回到自己账户，又去催，谁知道那人就不理她了，没完没了地拖时间。直到她找去那人的公司，发现竟然已经人去楼空，讨债的还有五个人，有的还是八百万的保证金没还。

"当初我以为只有我一个人参拍，没想到他们跟我的遭遇一模一样。总数值两千多万元。现在找到公安局报案，结果发现这个人在另外的地方也作过案，现在被取保候审。"

李梅听得耳朵嗡嗡作响，眼睛也有些疲倦——这段时间她的内分泌紊乱，气血两虚，虽然秦姐没说不借钱，但明明白白的，她知道自己也借不到钱了。

秦姐已经不敢相信任何人。李梅并不能例外。

[]

　　李梅没有出书房的门，再打电话给一个搞投资公司的朋友老廖——十年前，这个国营企业的中层干部辞去了年薪十多万元的高薪，去了成都、广州等地闯世界。那创业激情让李梅肃然起敬。模样和身材都不起眼的老廖，看上去实在不是个有个性的人，偏偏做了那么有个性的事情。前几年，他终于回本市创业，顺应潮流开了家投资理财顾问公司。她还给他介绍过业务，算是有功之臣。好久没有联系了，不过毕竟是十年以上的老友，一接电话，对方还是清楚地报出她的名字。

　　例行问候之后，老廖笑："这么久都没联系，你是有啥事情？"

　　"关心一下你的公司怎么样了啊！想借钱呢！"李梅打着哈哈，半开玩笑地说。

　　"哎哟！你还不晓得哦！我现在是收账专业户！公司都停了业务，每天都在收账！恼火得很！"老廖在电话那头说。

　　"你们公司以前不是做得很好的吗？"李梅问。

　　"开始都是好的。贷款企业也都讲信用。经济形势不好以后，具体的问题太多，每个企业都有本难念的经，欠钱的事情就越来越多了。"老廖的声音有点有气无力，"我现在是夹在企业和客户之间，两头不得好哦！"

李梅没想到会是这样的结局，只好把借钱的话像咽口水一样咽了下去。对着手机说："那你想点办法，慢慢收哦！"

老廖一句淡淡的话："是哦，只有慢慢收。"

两人无话。

当晚，李梅怎么也控制不住脑子里的翻江倒海，清醒到早上也没有睡着。她反省自己没借到钱的原因，应该还有自己的态度不够端正。试想当今社会，打电话借钱，显得多么没有诚意啊！

夏日太阳像个勤快的农妇，起得很早。不到上班时间出门，李梅已经感觉到阳光晃眼。大街上熙熙攘攘，吵得厉害，更让人觉得燥热。一夜无眠带给她更虚弱的身子。但是，她知道，自己必须早日借够钱还汪强，否则，什么样的后果，自己清楚，那足以让她的世界瓷器般破碎。前些天，当地朋友圈里疯传着一个短短的视频，一个从本市最高建筑上飘落下颇为优美而壮观的身姿，深深地刺激了李梅。她不怕死，但是这样的死，却是她不愿意的。她希望自己的一生是无怨无悔的，起码要无愧于心，才可以坦然赴死。

她决定亲自上门说借钱的事情。

闺密严谨是个小富婆，老公是一家私企高管，年收入数十万，自己工作单位也极好，还任着中干，一个人一个偌大的办公室。李梅知道，除了他们存够了两百多万给女儿出国念书外，股市投入也在百万以上。钱这东西，就像男人张牙舞爪的那颗蠢动的春心，只往年轻漂亮的女人身体里钻！两人操作股市也得心应手，买啥涨啥，日子过得那个舒爽。

严谨的办公室在市区中心位置，毗邻城市的肺——文化公园，办公累了转身就可以放眼一大片的草坪和湖泊。这世界总是有人活得几近完美，李梅对比想想就觉得心里酸楚。人比人气死人，说的或许就是她和闺密。但是，经济差异和婚姻差异都没有改变她们之间快二十年的友谊，这一点，李梅特别欣慰。人生有长情才有意义，不管是爱情还是友情。

严谨很惊诧李梅的到访，连忙倒了开水，放在她面前。办公室进来说事的、签字的，来来往往，李梅坐在一旁的沙发上，很是无聊地玩手机。严谨是多么聪明的人啊！飞快处理好几个文件，交代了工作，站起来把办公室门关上。然后坐到沙发上，要李梅讲讲是什么风把她吹来的。

李梅脸色蜡黄，眼窝深陷，一声叹息开始，慢慢地讲了这几年自己的这个秘密。严谨眼里充满同情和怜惜，跟着她的讲述不停地叹息："唉，这么大的事情，你都不给我早说！你看你，啥钱不挣去挣这个钱？"

说到汪强的逼债，李梅忍不住哭出声来。哽咽中，说出自己需要借钱的事情。严谨跟着红了眼睛，用手抚了李梅的手臂，说了一声"好"。

"你把你银行和卡号短信发给我，我马上用手机银行给你转两万过来。"严谨告诉李梅，这是她目前账户所有的零用钱。其他的钱，都在老公的股票账户上，自己一时半会儿是拿不到的。

李梅停止了哭泣，低头从包里拿出了银行卡，递给严谨。严谨拿到办公桌上抄下卡号，还给她，让她放好。然后跟她一起讨论，还有谁能借出点钱来。

严谨的援手像她办公室的空调里吹出来的凉风，吹进了李梅焦躁的心里。从舒适的办公室出来，还不到上午十一点。她走路回家，边走边想她们在办公室商量的结果。太阳炙热，很快，她的头上脖子上，汗水像雨水一样滴下来。

李梅倒在小区门口，引来一阵尖叫。

"喂，李梅，你怎么了？"恍惚中，她感到门卫大爷的老婆在摇她的手臂。

"赶快通知她老公！"大爷在说。

"你有电话没？她老公干吗的？"小区门口围观了闲聊的人。

"有，说是银行管风控的……"声音像麻醉针打过来，风一般拂过李梅的脸，她什么都不知道了。

9

"你身子本来就虚弱，大太阳的，到处跑什么？"李梅醒来发现自己躺在床上，丈夫正焦急地守着她。

她只能眨眨眼，一脸疲惫地沉默以对。然后闭上眼，转过头，做出想睡模样。

"我给你们领导电话请假了，你好好休息几天。"听到丈夫体贴的声音，她一滴泪落到枕头上，头更深地埋进枕头，不让他看见。

10

医生朋友开了安神的药，李梅几天好睡。她像一个

被吹得快要爆裂的气球，在千钧一发之际放了气，换来
皱皱巴巴的完整之身。苟活，这个词语像爆米花一样，
在烈日下蹦出来。好在她的忧伤也像放了气，有所缓
解。她还是像个小偷，把日子过得轻手轻脚。

半个月后，汪强竟然主动打电话给她，像宣告自己
的成就似的告诉她，经过他沟通法院执行局领导，经过
一系列调查，发现陈向东曾经在外市投资了一个公墓，
目前合伙人答应用墓地置换投资，他的债权人可以用墓
地抵消债务。

"墓地？！"李梅感觉身边突然刮起阴风阵阵，惊
悚、鬼魅，可笑、可悲。她的鼻子里冒出冷气，几乎是
尖叫起来："不，不！我要现金！"

"现实点！要现金你可能等一辈子都等不到！"汪
强说话从来干脆利落，他的话像从嘴里吐出的子弹，把
李梅一下子就打哑了。一个从法院刑事审判庭走出去的
基层干部，枪毙、注射死亡，尸体、骨灰……什么没有
见过？墓地对于他来说，跟陈向东一样，只是一项有
"钱途"的投资。

李梅顿时蔫了，声音虚弱得好像玻璃瓶碎了一地捡
不起来："好吧，让我想想。"

"快点决定。"汪强挂了电话。

李梅用了好几天的时间来适应这个新局面。最后想通了：钱是一张网，没有透气孔的网，把人一网打尽。人们挣扎其中，越动越窒息。最后发现，自己不过是一条死鱼。既然鱼都死了，墓地又算个什么？

她能面对！

这是个从来没有接触过的行业。李梅找了很久，转了好几个弯，终于找到了一个搞公墓的老板。邀约在装修精致的茶楼坐下，她觉得尴尬万分，气壮如牛的对方却是见惯不惊，劝她接受这个债务抵消的方式。

"真是有缘分，你说的那地方我正好上个月去考察过。那是那个市里风水最好、管理最好、卖得也最好的公墓。"那男子的气场强大，第一句话就把李梅镇住了。老板细说起考察的情况，公墓毗邻城市最近的一个山坡，两里之下就是远近闻名的古镇，人气很旺。

"你要相信专业人士的眼光，墓地本身选址是会找风水先生看的。你只需要自己去选几个档次不同的墓，就是放在那里，也肯定会增值的。"李梅一脸哭笑不得的表情，她怎么也想不到，钱借出去，回来就变成了种子，就埋进了土里！还在那么阴森森的山坡上！

　　老板好像看穿了李梅的心思，盯着她又说："你不
要嫌弃，大多数像你这样的，都血本无归。起码公墓不
愁销路，还有增值空间。比其他任何一项投资都有前途
哦！"李梅不好意思地微笑一下，嘴里谢个不停。然后
开始咨询公墓的价位、档次、出售价格、销售提成、怎
么选墓地等具体问题。老板毫不保留地给她仔细介绍、
分析她的情况，提出了选墓建议。

　　梁靓也来电话了，要李梅对置换债务的事表态。李
梅又问了几个细节，带着迟疑答应了。她又让李梅问问
张虹的意见，准备约到临市去选墓地，毕竟张虹还有十
几万元的债权。

　　李梅电话张虹，张虹跟她第一次听说的一样，尖叫
起来。李梅只是告诉她，现在梁靓是要钱没有，要墓有
几个，权当投资。她记得自己说了一句连自己都觉得经
典的话："再说了，墓地好歹也是房地产！"

风知道

1

我是一棵树。

我当然不想当一棵树，我想做个人多好。树有什么好？永远待在一个地方，从小到大。是的，从小到大，不是从生到死。

我和伙伴们的生命太长、太长，长到我们完全不知道未来是什么样子，日子就像一本永远都看不完的书——当然，这是有前提的，那就是人们不痛下黑手。

我们的生命久得我记不住。但是，聪明的人们却知道，他们用让树痛彻心扉的锯子，割裂我们老伙伴们的根和茎，给孩子们讲年轮。

我们可以久成历史。这话，我是听家住三楼那个叫张弛的记者说的。那是她一次采访后，回家对她那喜欢笑眯眯的老公说的。她说：今天市委书记在城区现场办公，说绝对不可以乱砍树，一个城市的树就是一个城市的历史！说完，她笑着看了一眼在窗外的我，走到客厅边，坐上露台，含情脉脉地用每一寸目光抚摩我的每一片叶脉。

一个城市的树就是一个城市的历史！多么高瞻远瞩的话！我瞬间被感动了——我的生命意义竟然不只是为一群人的呼吸提供氧气、为几个人的视力提供叶绿素，竟然还肩负着一座城市的品质！尽管我只是城市里一个小区里的树，还只有十五岁。

我觉得自己生命的意义重大，我活得更加卖力，更加生机勃勃了。尽管我站在两栋居民楼之间，随着我越来越高大，空间显得越来越狭小，我只有拼命地向着阳光，向着空中发展。当然，以我旺盛的生命力，仅仅十五岁，我已经高到了他们居住楼的六楼了。这栋小区最高八层，我想，很快，我就冲向蓝天，怒放生命了！

啊，忘记告诉你们，我是一棵大叶榕。但是我的叶子并不大，这让张弛看了我很久，她对她的园林专家朋友说：为什么我在大理看到的大叶榕叶子大很多？！朋友告诉她，因为云南的日照时间长，阳光好啊！

得，我这才知道：原来我出身不好！我长错了地方！如果我在云南，如果我在郊野，如果……年过十五，我也应该多么蓬勃！多么伟岸！让无数海内外游客仰天长叹啊！但是换个角度想，我怎么能看到城市里的一切？怎么能与她相遇？哦，不，是相望。从跟她差不多高，到如今我只能用身体最强壮的躯干和最茂盛的叶脉感知她的生活，四千多个日夜啊！我们该是相处时间最长、最亲密的一棵树跟一个人了。

我深知她对我的喜爱。她的客厅露台，是她最喜欢待的地方，她一坐就是好几个小时。夏天在露台凉爽的大理石面上，一躺下就睡着了；冬天露台铺了一层厚长毯，两三个靠枕，有太阳晒太阳、看书，甚至写新闻稿子。没太阳也坐在露台上看电视、喝茶。

张弛是个很会享受的人，客厅两个书柜之间，地上铺上地毯，地毯上立着储物架，架上一层层摆放着五子棋、书、纸巾盒，最上层是顺手可以拿的茶杯。两米五的露台，她随心情或阳光，时而坐在左边时而坐在右边。如果有两个人相向盘腿而坐，储物架最上面便是一套茶具。会这样享受生活的，在四川并不多见——人们更习惯坐在客厅沙发上打开电视看各种抗日神剧，剧目多得像空中落下的雨，灌进他们的脑子；或者收看娱乐节目，不时跟着主持人发出傻子一样空洞的笑声；也有拿着手机用蝇营狗苟的日常刷屏，像自己就是世界的中心；还有更多的，用小小的手机看各种电视剧——那些电视剧真是老太婆的裹脚布——又臭又长。

坐在露台上，张弛的眼光总会在看书的间歇看着我。有时候甚至只是看我，呆呆的，有所思，或者无所思。她看着我根茎的每一寸生长，看着我每一片叶子新生或衰老。她比世人更明白，我日渐繁盛的绿叶，像人的神经末梢一样，敏感而丰富，我用它们感知着这个世界，以佛一样的静默和深沉陪伴着喧嚣的人们。

在我生存的植物界，有着人们没法想象的丰富，我们有十多种不同的受光体：有的告诉我们何时萌芽，有的告诉我们何时向光弯曲，有的告诉我们何时开花，有的让我们知道夜幕何时降临，有的让我们知道光线暗淡，还有的能帮助我们知道准确时间。在感知水平上，我们的视觉要比人类视觉复杂得多。事实上，光不仅是信号，还是食物。动物向着食物移动，植物向着食物生长。人们总是忘记那句话"万物生长靠太阳"，人类、动物、植物，我们并没有什么区别。这一点，我深信张弛是懂的，正因如此，我们才可以像知己一般，默默相守。

在我五岁的时候，我的叶片蓬勃地舒展在她的窗前，在她爱抚的眼光下，我看到她的微信背景图：那是法国巴黎郊区的大片草地上，两棵大树相依相偎，像极了一对相爱的男女和谐地站在一起。好不浪漫！那是她最好的朋友从法国发回来的，他特别懂她对树的爱。而这样的爱情树，更是她一生的向往。或许，在乡下或者自己能种树的地方，她会自己种下两棵树，让她看着他们长大，长成爱情，长成永恒。

那就是她的爱情，一如一个名叫舒婷的女诗人曾经写过的那首著名的《致橡树》："我必须是你近旁的一株木棉，作为树的形象和你站在一起；根，紧握在地下；叶，相触在云里；每一阵风过，我们都相互致意……"关于风，我认为，舒婷算是个诗人中的科学家，因为她竟然知道，风就是我们植物的信息传播者。

这些年，在这个叫提香的小区，跟我一起站着的，还有不少跟我一样的大叶榕、香樟、女贞、桂花，还有好几株银杏。地面还有些低矮的红花继木、栀子花和叫不上名字的小草。

和提香小区相向的两个单元，除了面向大街的两层楼外，从一楼到七楼，小区内我能直接看到的人家户数二十四户，家家有本经，我用我无数的叶脉神经感受着他们的家庭琐事、世态炎凉，精彩得很。

2

提香小区这个名字空顶艺术家的名号，可一点没有意大利画家笔下的美丽。反倒是因为在市中心，空间逼仄，我们每棵树之间的位置只能停一辆车，而且必须九十度的拐弯才能停下来。不少在小区门口二楼的提香茶楼打牌回家的女士，因为车技不好，把我的伙伴们剐得浑身是伤，自己还出不了车位，闹出不少让人啼笑皆非的事情来。

张弛家对面的单元是小区最大的套间单元，每套房子两百多平方米。当年张弛去看房的时候，简直要目瞪口呆了，那可是四世同堂可以住下的，五室三厅三卫。

住下的不是政府要员就是商贾名流，她从来都不敢打听。直到一次物管纠纷惊动她写了个稿子，才发现新闻主角是某局长的亲戚，无意中的开罪让报社迫于压力，又让她自圆其说地再弄了一个稿子。这单元一楼都是面向大街的门面，二楼的茶楼被一家大报和大网记者联合接手，成了本城唯一的媒体工作者聚会场所，一时热闹非凡。

　　小区里最窄的单元就算张弛住的房子了，九十平方米，两室三厅一卫，还是千禧年最时髦的错层。可惜，时髦跟流行感冒一样，很快就成了过时。张弛当年带着姑姑姑父、爸爸妈妈、哥哥妹妹、表哥表妹，看房队伍浩浩荡荡定下来的户型，很快就被发现，实用面积因休闲厅弱化。好在只是三口之家，休闲厅还勉强可以放下一张电脑桌，变成了高过客厅三个台阶的书房。这样也不错，起码我可以看到她睡觉之外所有的活动。客厅宽敞到三十多平方米，她在客厅临窗的地方，放置了买来的相向的两排深红色书柜，除了打字，她大多数时间坐在露台上活动。我们之间的距离就小了很多。

　　当我十岁的时候，我的枝叶几乎是紧紧地贴着她的客厅窗户，我看到她欣喜的眼光，感受她打开窗户温柔的抚摩，像轻抚恋人的头发。啊，你们并不知道，一棵树全靠叶子感受生活，我那比人的神经末梢更加丰富的叶脉，一瞬间电流一般——我感受着灵魂伴侣身体相偎相依的战栗。

当年跟伙伴们入住提香小区，张弛的报社刚刚成立，就在街对面，前身是《高羊日报》的"周末版"。在城区一所中学当教师当得不耐烦的张弛，凭借全市散文大赛一等奖得主的身份，轻轻松松考上刚面世的《高羊都市报》。

那些年，能拿到晚报、都市报的刊号，比哑巴说话还难。高羊市作为全省第二大城市，拥有成熟的"周末版"，招聘十几个记者，再从日报中分离出几个老编辑，报纸成立大会搞得轰轰烈烈，全省其他地市区的报业都向高羊市发出言辞火热的贺电。而立之年的张弛，也从铁饭碗的老教师变成了体制外的新人。

记者是个充满光环的职业——"无冕之王"，从那时候人们对他们的称呼中可以看出。但是一般的人也看不到他们的累，用现在流行的段子，那叫"起得比鸡早，睡得比狗晚，干得比牛多"。自从到了报社，短发的张弛一年四季的牛仔休闲装，邋遢到从不化妆，也不喜欢穿裙子。人们用"女汉子"这三个字命名她们这类人。从起床到报社办公室，可以只要五分钟。呃，这速度，跟风有什么区别？有几个男人可以做到呢？在我看来，她是一道闪电，在不同的地方耀眼。

"他们说我一转身就不见了，一转身又出现了，哈哈哈哈。"在家里，她很是得意地对她老公吴为说。

"老婆你动作就是快！上床的速度更快！他们看不到。嘿嘿嘿。"个子不高、壮壮的吴为长着眯眯眼，经常一回家就叫："老婆、老婆，亲爱的、亲爱的。"那嘴甜得，跟肚子里装的都是糖似的，出的气都甜。那腻歪，没人可以忍受。肉麻得我们站在窗外的每棵树和每片叶子都忍无可忍地哆嗦。

在银行职员吴为眼中，老婆从十八岁跟自己恋爱开始，就是个没心没肺的爽直姑娘，一个会写诗的文化人儿。结婚后不管多少年，在他看来，老婆总是比别人小，所以不食人间烟火是正常的，凡家务事都由自己担着。再说在他看来，买菜做饭给老婆孩子吃是件很有乐趣的事情，所以厨艺他是越来越好越来越精，老婆只管看书打字，即便是当个记者，也是他的骄傲。

或许正是吴为的纵容，张弛的个性一直没有变过。

跟她名一样，爱憎分明，个性鲜明。驰——刺，有时候像浑身长刺一样，对谁都不客气，总是路见不平一声吼，浑身充满正义感。这让她有很多朋友，但也常觉人生坎坷。不管在教师队伍还是报社，总不得领导欢心，永远在第一线忙忙碌碌。心情不好的时候，丈夫的肩膀可以依靠，儿子张叶——你瞧她对我有多么喜欢，连儿子的名字都用上了叶子——也是个温柔的小情人。这对结婚多年的女人来说，已经像破船仍然有港湾可以停靠，幸福不已。他们家六楼的律师一家，两口子在一起不到五年呢，就分道扬镳了。张弛家里的氛围，也跟她的名字一样，有张有弛。当然，主导者都是她。

吴为除了朝九晚五上班，最大的乐趣就是跟朋友们打点小麻将，喝点小酒，打发时间。有时候在外面遇到酣战，时间免不了长一点，对张弛的河东狮吼也就好言好语道个歉，嘴里亲爱的亲爱的一直不停。张弛也会在工作十分辛苦之后投入她不屑的娱乐，跟几个好友在一起搓几圈麻将。用她的话说，婚姻的质量都是随低者走的，谁让吴为就是这么一个低水平呢？吴为这时候总是温柔地笑：老婆，你素质都这么高了，怎么还为自己找借口？再说了，人生苦短，快乐最重要。你看你，不是写稿就是看书，好累嘛！偶尔放松一下，是很好的。

张弛总是撇撇嘴，对自己经不住诱惑不满意，也不满意跟丈夫这样的相处。但是，又能怎么样呢？人生原本无奈。

3

每年初夏，是我们植物界信息像暴雨倾注的时节。我们被爆炸的信息吹得东倒西歪，每当这个时节，妖风阵阵，人们关门闭户，生怕我们的身体会一不小心插到他们的家里。有身子骨弱的同类，可能被过多的信息量打趴，倒在地上。这时候的信息发布员——风，如疯了一般，把来自天地间各个地方的消息，播撒在我们身上，让我们也疯狂一番。

跟记者住在一起，我跟他们还是不一样的。家国天下事事关心，每一天张弛都会把自己的心情和见闻用日记或眼神告诉我。

有一天，她兴致勃勃地给吴为读一段文字："记者与司机，根本就是一个职业的人。首先社会地位……其次工作状态……再次共享秘密……最后恩怨情仇——常常在外面采访，你会发现，记者都喜欢和司机坐在一起共餐。他们都不能喝酒：一个要开车，得注意安全；一个要清醒，得书写文字。不安全了领导要出事，不清醒了单位要出事。"

这是一篇关于记者与司机的精彩论述，带着她职业的观察和思考。说得直白一点，他们都是为领导服务的，都是工作人员而已。那还是记者很吃香的年头，不少时间采访回来，送她回来的车都是单位一把手的车，能享有这么高待遇且如此清醒的记者并不多。

不过我没有想到的是，很快，张弛遇到了麻烦。那晚，她比平时安静很多，拿了一本书坐在窗前，她打开了窗，我的一根细小的枝丫不动声色地伸到了她的脑后。她双腿放露台上，舒舒服服地躺着，头部毫不知觉地枕着我的枝叶。书甚至没有打开。她如水的眼神透露出喜悦，很快，在我们的亲密接触中，我跟随她回放了这一天特别的回忆。

在市政府郊区的温泉酒店大厅，等待开会的人们三三两两坐在一起，聊天，有几个围在一起斗地主。张弛在国土资源局办公室主任的陪同下经过大厅，往会议室方向走着，边走边看人们的各种形态。突然，她的头像被什么东西钉住，转不过来，眼睛被大厅左侧角落的一张脸吸住了。

那是谁？她发现一束眼神像太阳光穿过密林，从远处射过来，直至自己身上。

谁？办公室主任顺着她的眼神转过头，看了看左侧。

那个，穿蓝色休闲服的，有点像个港星。

哦，是局长的司机。

我以前怎么没见过？跑这单位十年了，张弛对上上下下的人都是熟悉的。

才从部队转业来的。

哦。张弛有些意外，一个司机，完全有明星范的司机。他像谁呢？记忆力很差的她在脑海里把这些年看过的港剧扫描了一遍，终于想起这张明星脸的名字。大眼无神小眼勾人，不大不小迷死人。他的眼睛，不大不小，炯炯有神。

莫名地，张弛觉得身体有点发热。

会议结束后，局长还在应酬系统上级领导，体贴的办公室主任竟然安排局长司机先送张弛回家写稿子。第一次，张弛有些紧张，感觉自己干了什么亏心事，还被主任发现了一样。不过主任对她的微笑跟从前一样，并没有说什么。她也太懂事了点。张弛想，老办公室主任真不一样，连这点好感都懂得利用。

久当记者，与人见面熟是基本功。张弛很快跟明星脸聊起来，那人也善谈的，主动报家门，说自己名叫郭亚辉，从前在部队还给报社投过稿呢，可惜没有用上。张弛突然想起有位女友从部队团级干部转业低就了某局科长的位置，就问：

你是委屈着到地方的吧？

不敢说委屈，有单位接收就不错了。

那你的级别不高。张弛脱口而出。

高呢！跟你一样。见官高一级，是首长的手掌。郭亚辉笑了。

哈哈哈，张弛忍不住张口大笑。

一路上，两个人欢声笑语。郭亚辉是个见过世面的军人，也是个沉稳的司机，一到提香小区门口，停下车，他拿出了手机要加张弛的微信。张弛毫不犹豫地扫码加了好友。

4

张弛被一张明星脸吸引住了！怦然心动！

国土资源局里有人是摄影家，有人是书法家，还有一个散文诗写得极好的作家。局长什么家都不是，却擅长打桥牌，打桥牌算是高雅活动。这个局长夏天上任，在县上深山风景区的酒店里，曾经跟张弛等人打过一次扑克牌。张弛不会打桥牌，所以只能是升级，可惜只打了两把，局长就让其他人替下了张弛，毫不客气地叫嚷着说她的技术太差。张弛知道自己一旦沾上计算，基本上智商就是不及格，涨红了脸放下牌，站起来观战。

局长有时候也是性情的，从这点就看出来了，对记者，他没有其他领导一样的生分和戒备。有一次，张弛拿着她从妹妹处顺来的屏幕 7.9 英寸的 MINI 电脑开会，局长还凑过脸来，像个孩子似的，好奇地观看她的双手怎么在巴掌大的电脑上做记录的。

后来很久，她才知道，郭亚辉是部队里的桥牌冠军，所以成了局长的司机。

也没过多久，局里成立了兴趣小组。一百多号人，除了寥寥几个是乒乓球爱好者，全部都加入了桥牌小组。有什么办法？这就是"榜样的力量"，几乎每个员工都一致地爱上了桥牌。学不会桥牌的，也拿着扑克认真地打着升级，或者干脆悄悄地干着斗地主的勾当——小赌怡情。

局办把局办楼上那一层楼用来当机关活动室，一半地方是阅览室和乒乓球室，一半是桥牌室。阅览室在中间，闹中取静。桥牌室放了十张桌子，常常去得早才找得到位置。年底，机关冬运会上，桥牌比赛是最精彩的。可每次，都是局长那组冠军，他的司机郭亚辉那组第二。

郭亚辉不是个普通的司机。每次等待局长开会的时候，他都会在靠背后面取出一本书来，安静地看书。市政府外，经常有不少轿车停着等领导开会，各大局的司机都在这个无聊的时候结交成了朋友，在政府楼外的广场上一起晒太阳、闲聊。也有闲不住的，三四个人一伙，甩几把扑克。当然是斗地主，小赌怡情嘛。只有他，从来不下车。所以他的身子在车内，名声倒是在外。每个人都以为他在看三流杂志或者黄色小说，不过大家不好意思去翻而已。

实际上他看的都是历史学和经济类书籍。这让后来几次搭车的张弛很是惊讶，所有的历史都是当代史，他研究的可不是学术意义上的历史。说是历史，全是世道人心。偶尔送张弛回家，他从来都不说自己，都说故事。这些年流行谍战和宫斗剧，他看一出宫斗剧就讲一个朝代的历史，听得张弛一愣一愣的。当然，国内外战史更不用说了，基本上如数家珍。

张弛有记者的最大特点，不喜欢说，喜欢听、喜欢看，在郭亚辉面前更是一个忠实的倾听者，两个人的话题自然就多了起来。后来，有几次，日报、都市报、广电报几个记者从会场偷跑出来，找到郭亚辉，听他讲讲历史，或者讨论一下股票经。

这个司机有点意思。日报记者马春蓉跟张弛差不多大，是个脾气火暴的女人。她觉得转业干部鱼龙混杂，大概郭亚辉属于潜伏着一心想成龙的，只是时机未到。张弛对此倒不以为然。她认为屁股决定脑袋，再有才屁股的位置只在这里，能干出什么惊天动地的事情来？郭亚辉的魅力不过就是有趣的司机而已。只是我们记者当久了，见识的人多了，骨子里是没有等级观念的，所以相处得很好。

你能说出这话来，就说明你是有等级观念的。司机怎么了？马春蓉的嗓子总是像拉豁了的风箱，又粗又低。

起码职业前景没有啊！张弛认为，再出色的司机，一辈子也只能是司机。

那也不一定，商务局那个姓叶的副局长，之前不也是司机吗？

哎呀，那是多么极端的例子嘛！人家是官二代，司机这个职业不过是人生的短暂误会。再说，那人也是走不远的。张弛也是了解叶局长的，说话爽直到粗鲁，毫无修养。

得了吧！我看你跟郭亚辉在一起的样子，满脸春风，心里给吹出一潭春水了吧？马春蓉的话冲口而出，让张弛面红耳赤起来。你、你、你，是不是想找打？她举起笔记本就向马春蓉扬起来。

马春蓉转身一避，然后又低头过来，继续坏笑：啧啧，你看到没有，人家不但有明星脸，还有胸肌呢！

滚——张弛白她一眼，嘴唇由扁到圆，无声地做出了滚字的发音过程。

5

郭亚辉到提香茶楼来喝茶了！当然有张弛和马春蓉陪着。郭亚辉很快跟茶楼里玩耍的一群记者都熟悉起来。他跟男记者们斗起了地主，偶尔还跟女记者打一场麻将。当然，只要张弛在桌子上，他是铁定不上桌的，总是搬了椅子，坐在张弛旁边，给她当参谋。要是斗地主赢了钱，他就请大家出去搓一顿。实际上多数时间他都是赢的，只是赢多少而已。不管赢多少，他都会不计成本地邀请大家吃喝——郭亚辉在部队久、跟领导久，是很懂潜规则的人。团结记者，已经算是社会的潜规则。记者们虽然并不觉得这个潜规则对他适用，但他豪爽的江湖义气让大家对他的好感日益增加。

我和伙伴们都看到，他们打牌喝茶继续尽兴着。我们总是在风的吹拂下，了解这群"无冕之王"的种种工作和八卦：有个记者没参加会议却写了稿子，被通报批评；有个记者把领导名字写错，被批评后自杀了；有副总编因为报复同僚，停止所有报纸承包商的合同；有女中干们为了争夺上位，不断化敌为友结盟攻击对手……是的，只有没有风的时候，我们是靠自己的触觉获取消息的。植物的秘密只有我们知道，人类的秘密也只有我们知道。不知道的时候，我们会耐心地等待风，因为风知道！

更多的时候，我就像个老人，慈祥地看着提香小区的提香茶楼，欣赏着眼前的人类。有一次，一个机关干部坐在一旁，拿出手机要拍照的样子，开玩笑似的威胁他们，几个记者的头马上都凑过去了，嘴里叫着："来啊来啊，拍我啊！我们在打麻将，咋的？！"搞得机关干部十分无趣，只得收了手机，叹道：你们牛！你们安逸得板！没得人管得了你们。

　　我们都是体制外的平头百姓，当然没得人管。几个人摇头晃脑地，好不得意。

　　郭亚辉随时跟领导，有让领导放心的品质——那就是对领导的事情，绝口不提。记者们也是懒得打听的群体，平时只管自己的一亩三分地，诸如稿子是否见报、报社的版面设置变化、新媒体跟纸媒的矛盾和融合、专题任务怎么完成、订报任务又增加了没有等。

　　然而，我知道啊！知道郭亚辉有着属于自己的秘密，他人车合一，在黑夜里穿梭，在领导与县级干部之间架起一座无人发觉的桥梁。在无人的黑暗里，他的笑容显得那么得意和诡异。

　　人类啊，总是在秘密中生存。每一张面孔背后，都藏着秘密。人们常说，要想人不知，除非己莫为。不，他们并不知道，有些人的为，是真的不会有人知。那得看秘密藏得深不深，否则哪里来那么多民间传闻和历史研究呢？毕竟，行色匆匆的人们，没有那么多时间管别人的事，而熙熙攘攘的人世，不正是信息不对称带来的无限商机吗？

　　只有风知道，只有风知道。然而，每年都有风吹雨打，每一季我们的叶子都带着人间沧桑落在街头，被环卫工人打扫到垃圾场，焚烧，成为肥沃土地的灰烬。新的秘密随新叶和春风再次生长，人间传闻越来越多。或许，人们爱说的厚重，不过是历史发展中累积起来的秘密，让后来人有了不断探究的史学。

郭亚辉打牌的时间少了起来，更多的时候是跟女记者们聊天。等到大家都玩到饭点，再大手一挥，邀约出去吃饭喝酒。吃人嘴短，对于这一点人类概莫能外。很快，郭亚辉在记者队伍里堆砌起了铜墙铁壁一般的人气，谁都推不翻。

这哥们，耿直！

这哥们，豪爽靠谱！

这哥们，踏实！

当然，这哥们也是有缺点的，他劝酒是个高手，却滴酒不沾。对于这一点，大家是可以理解的。司机嘛，开车既是工作常态也是生活常态，不喝酒是必需的。这是他的职业操守和工作原则。

郭亚辉是个清醒的人。在文化层次普遍偏低的司机行业，粗俗、暴躁等标配的字眼都跟他没有关系。

张弛在家的时间有些少了，吴为并没有感觉到。记者嘛，工作和生活都是没有规律的。有时候忙得脚不沾地，有时候闲得泡咖啡店。写稿子既可以在家里，也可以到办公室，更可以到茶楼酒肆。说不准今天在哪个地方采访，就在哪个地方把稿子写了也不一定。所以吴为是比较习惯的，他也乐得自己安排跟朋友的牌局和饭局。

可是我知道啊！作为一棵静默的树，我感受到了冷落，张弛常常坐着看书的露台，蒙了一层厚厚的灰。阳光之下，我在茁壮成长，枝繁叶茂。而张弛心中的波澜，在风的吹拂下，我无所不知。

6

提香小区的物管遇到了麻烦，他们很正常地想起了张弛，给他们伸张正义，还小区清净环境。原因很简单，一个疑似搬家公司一大车的家具装着，出门不给停车费，被他们拦下请缴费。一个中年男子态度蛮横，坚决不给钱就要出去。门卫高大爷劝说无效，坚持不抬栏杆，那男子竟然开车冲了过去，把整个门禁系统破坏了。

简直是嚣张！张弛义愤填膺，马上根据高大爷的几近悲愤的讲述，常常坐小区门口晒太阳的赵大娘、王二嫂等人的补充讲诉，写了个民生讨论稿子，发在了社会

新闻版。效果很显著，全市人民都在讨论物管收费问题
和霸道男子的可耻行径。张弛毫无意外地得到物管大爷
们的感谢和尊重，小区居民，她能看到的大多数，对她
也是充满了敬重。嗯，她感觉自己又当了一次英雄。十
年前，小区原物管——开发商的附属企业，在大家都不
知情的情况下，非得要涨物管费，还是翻番地涨，让居
民们不满。张弛诉诸报刊，引起全市人民对于物管企业
擅自涨价、如何更换物管公司等问题的讨论。当时小区
惯性运行，连业主委员会都没有成立，张弛又查阅业主
委员会如何产生等信息。她像干家事一样事必躬亲，天
天跑房管局物管科、社区居委会，给热心业主普及相关
知识，从入户调查开始，费了极大的功夫，举行了业主
大会，成立了业委会，选举出了业委会主任。

张弛是当过教师的，手能书，嘴能说，能力自不必
说，原物管公司在报刊提名第二天就投了降，撂下挑子
跑了路。之后的种种工作让她不堪负重，也感受到了个
别居民对公共事务的冷漠。真是费力不讨好，我常听她
在家对吴为抱怨。谁让你是记者？谁让你插手？既然出
现了这样的问题只好跟着一步一步地解决喽！吴为倒是
很喜欢看到自己的老婆在小区产生影响力的样子，鼓励

她为了自家和大家的安稳，做些事情。

我现在才知道，无官一身轻。我还没当官呢，都被大妈大爷们折磨。想想那些基层社区工作者，真是不容易。

那是那是。老婆把这件事做了就不要做了，婆婆妈妈的，不适合你。

可不是。他们非要我当业委会主任或者副主任，给我好说歹说地推了。什么烂事都要管，我才没那耐心呢。你看那些楼下的花草都爱护不了，这些业主的素质也高不到哪里。

嗯，挂个委员也够了。吴为总是顺着老婆的。

新的物管公司很快到位，提香小区的业委会很快进入正常运作，还把很多前期物管遗留的问题处理得很好，更新门禁系统、加强监控、粉刷墙面、楼顶防水等问题都得到处理。

提香小区是城区较老的小区，小车收费始终没有解决。有车的认为小区是自己的，停车在自己的家里，当然不能收费；没车的就感觉亏了，自己也出钱买了公摊面积的，他们不缴费那么自己的公摊不是就被他们占用了吗？张弛却是知道的，有车的必须缴纳停车费，停车费用归所有业主所有。问题解决本来也是自然而然的。可有啥办法呢？总有不少业主是不讲道理的，有钱买车，却坚决不给停车费。占便宜习惯了，不占便宜可就不行了。任你们怎么说，只要有一个人不缴，大家都不缴。物管公司也是弱势，想了很多办法，但九十九户人两百多辆车子的停车费始终解决不了。张弛是最恨不公的，对此也无可奈何。听物管抱怨多次，自己也没有办法。再说，即便是收了费，钱也没有让更多的业主共有。所以到最后，业主的停车费始终没有解决。物管大爷们就靠收取临时停车费为主要创收渠道。

这次闯门禁的车当然不是业主的车子，所以物管收费理所当然。张弛主持公道也是理所当然，受到物管大爷和居民的尊重也是理所当然——记者身份带给她的，不就是这样的回报吗？她很享受这种尊重，甚至一度把它当作人生意义。

然而，仅仅三天之后，她就接到不同的电话，告知她的这个报道惹祸了。

先是报社总编室的，说那野蛮闯关的男子系该小区业主、某局领导的亲戚。亲戚在帮领导搬家，稿子见报后，虽然没有点名，但是领导很生气。当然说记者没有调查研究，车子算是业主的，当然不能收费。别人闯门禁，也是迫不得已，是对物管无理收费的反抗，相当于法律意义上的正当防卫。然后是物管公司的，刚刚才像哈巴狗一样对张弛表示感谢的他们，又低头哈腰地来求张弛。一口一个抱歉，说是给张弛添麻烦了。

怎么平息领导的愤怒？

另外写个稿子，平衡一下领导的情绪。总编室主任也觉得为难，说要跟报社领导商量一下，从什么角度来写后续报道。

这不是扇自己的耳光吗？张弛愤愤然。

哎呀，有什么办法？报社还有事求着他们呢。

什么局？报社什么事还要求他们？在张弛心中，除了宣传部，没有什么局是可以管控报社的。

这个你就不用管了。人家也不让你知道。主任很神秘的口气。

张弛生气，又说，你们想好，什么角度，怎么写，多少字，通知我！

委屈你了。等我们商量好了告诉你。总编室主任的脾气一直尚好，对张弛这样的老记者更是一贯地尊重。

张弛并不知道，物管公司的老总很快到了报社，跟

报社领导碰头研究如何进行后续报道。我，作为一个小
社会的见证者，倒是看到了部分真相：在领导凌乱的家
里，剩下不多的家私，在进行最后清理。那闯门禁的中
年男子眯着小眼睛，正给领导说，这记者真是多管闲
事，舅舅你给报社点压力，让这个记者好看。领导本来
是不屑侄子的行为，为了五元停车费就给自己惹出事
端，但习惯迁就侄子的他，还是把侄子给出的理由用温
和的口气转达给了报社总编辑，请总编辑务必帮忙纠正
一下舆论导向。正在就报社发展大计跟领导进行紧密磋
商的总编辑，当然义不容辞地答应，还代表报社和记者
先给局领导赔了不是。

7

　　总编室主任的电话很快来了，对于后续报道的内容
很是详细地授意给张弛。首先是把物管修复门禁系统说
成是当事男子出钱解决的，表示该男子的觉悟；其次是
物管反思当初处理事发情况时的不当语言措辞和行为，
相当于在报纸上认个错；最后表示此次事件的完美和谐
处置，完全得益于小区物管和居民的共同努力，是和谐
社会的缩影。

　　"呵呵"，现在的人只能对无奈世事发出这样两个字的感慨了。张弛憋了一肚子的气，耐着性子听物管公司老总介绍他口中的后续处理，不当反思，又听物管大爷们纠正自己当时的言行……整个一憋屈的稿子很快出炉、见报。

　　事情解决了，张弛的心里却像被迫咽下一只苍蝇，恶心、憋屈。要不是郭亚辉电话约她，她都快忘记了这个曾经让她心跳加速的人。吃饭只有三个人。马春蓉快人快语安抚了一番张弛，不要因为这件小事影响自己的心情。

　　除了生死都是小事。这句话是最养人的鸡汤，谁都喝得下。

　　所以就不要郁闷了。身体闷出了病，还找不到人赔偿呢！

　　两个女人你一言我一语地说，郭亚辉并不参言，一直忙着安排法式餐厅里点餐。张弛心里明白，作为转业军人，他对在这样的餐厅用餐是没有兴趣的，纯粹为了迎合自己。

　　点完餐，郭亚辉开始加入她们的谈话。他并不提这码事，而是给两位女士绘声绘色地讲起了民间秘闻。逗得两位女士很快忘记不快，忍不住笑容满面。晚餐在温馨愉快的氛围中进行。吃完西餐，郭亚辉说有事要先走。他给两位女士买了咖啡、结了账，留下了她们继续自己的话题。

这么晚了还有什么事？马春蓉见郭亚辉的身影消失在西餐厅门口后，十分好奇地问。

不知道，听说是局长要他去办个事。

我看这个郭亚辉有点深。马春蓉探着头低声又说。

啊？深？心机？张弛问，你怎么看出来的？

你看他跟我们玩这么久，我们连他家住哪里、家里有什么人都不知道。

也是。我们竟然没有关心这些。

更不用说其他的了。你说你了解他什么？

不是跟你一样吗？

可他还表现得那么喜欢你，迁就你。

这跟他的家世没什么关系嘛！

是朋友都得知道些什么吧？你可是什么都不知道。

你说得有道理。可能我们连朋友都不是。

那他有什么目的？

为什么一定要有目的呢？或许就只是因为处得愉快

嘛！我们人畜无害。

马春蓉撩一下满头枯黄的头发，笑道：嗯，让我想想，可能是一个司机觉得能跟记者打成一片是一件比较满足虚荣心的事情。

你倒是把自己抬得高，记者有啥了不起？张弛不以为然。

我不认为高的，新闻民工嘛！但是在机关单位的人看来，我们还是稀有物种的。马春蓉说。

或许吧。管他呢，我又没有什么特别想法，觉得这人有意思而已。

真的没想法？

真的没有，有也就是有点悦目！

哈哈，女色狼。

爱美之心人皆有之。不能只准男人爱看美女吧？

是、是、是，现代社会，男女平等，女人也爱看帅哥。

那不就结了？

哈哈哈哈，好嘛好嘛，人家也没要怎么。

两个女记者在雍容华贵的法餐厅坐聊到餐厅打烊才回家。我，这棵高瞻远瞩的树，却看到了她们看不到的秘密。郭亚辉，像只勤劳的蜜蜂，飞奔在市区和县城之间。

谁都没有看见。

夜里，只有微风吹过。

8

人类在一切信息不对等之中寻找机会，商业的或是情感的。于是，所有的人间悲欢都在其中上演。

张弛作为文字记者，配合要闻图片记者一起，要搞一个影集——即将到来的省委书记视察本市。市委书记要给省委书记送一本此次视察活动的影集。

来都没有来怎么搞？张弛第一次参与这种事情，很纳闷。

没有问题的。主要是市情介绍，让省委领导拿到这个东西，了解高羊，关注高羊，给这次视察留个纪念。

我做啥？

你负责文字。市情介绍、每个视察点的情况介绍、系统工作情况介绍。以前有的资料都用上，视察点的，问部门要。

随后的两天，张弛忙得像停不下来的陀螺，在报社、各大部门、具体视察点间奔跑。电话、QQ、微信等，所有通信工具全部启动，文字并不多，但是要精练到极致。资料图片要齐全，配合三天后的新图片，一等活动结束，就要在相馆里出炉影集。最后的集成时间只有几个小时。

工作完成后，张弛终于有了时间，坐到了露台。我从她眼里看到了忧郁，她跟口的国土资源系统的分管副市长不久前被双规了，随着是副市长秘书，跟他们记者联系最多的人，也被双规。目前国土资源局里气氛很是紧张，新闻记者一旦出入局里，大家都莫名地紧张。办公室主任一贯与张弛交好，老实告诉她实话：现在局里什么新闻报道都不需要。因为随时可能出现大家意料不到的情况，所以每个人都不敢说话。实际上是，大家连大气都不敢出一口，好像出口气都会改变什么既定事实。

张弛跟好久没有碰面的马春蓉微信联系，她们共同关心的除了新闻线索突然掉了一大块，当然还有局长的司机，那个熟悉而陌生的郭亚辉——他有好长时间没有在茶楼出现过了。

张弛低下头，飞快地在微信上找到郭亚辉，发了一个笑脸过去。半晌，低头再看，并没有回应。这在他是常事，开车嘛，不方便随时玩手机的。她习惯了。不对，她突然转念一想，随即便心跳加速——如果局长已经出事，他便不可能还在工作状态。那么？她下意识地捂住胸口，像是要把往下坠落的心扶起来。吴为见她沉默半天没有动静，看过来问：你怎么了？

张弛抬起头看着丈夫，脸色很是难看，有些忐忑地问：你说，领导出问题，司机受牵连的可能性大不大呢？

吴为随口回道：没怎么听说过呢！你不是写的司机跟你们是一类人吗？哈哈，难道领导贪污你能分一杯羹？

也是。张弛好像松了一口气。

9

张弛第二天就跟马春蓉约在提香茶楼见面了。

一时间大家又无语起来。马春蓉一句点醒梦中人：牌打起！

张弛随后基本停止了去机关采写新闻的步伐，偶尔打电话给办公室主任，得到的新闻报道几乎为零。新局长还没到任，每项工作都放在那里，谁都不愿意做决定，主动承担责任。即便是文件规定的东西，要落实也要一个一个地推，推到等局委会开会集体讨论决定。

　　机关单位慢慢开始对报纸舆情并不在意了，每个机关都办起了自己的微信公众号。每个职工都关注，粉丝也不少，加上下属企业或相关单位的关注，领导们的每个活动都像市委市府领导一样，有办公室随行并书写出来，领导们的感觉比什么时候都好。加上强调正面报道，日报晚报开始合并之后又一大改革，要闻部合二为一，两张报纸的前面四个版面几乎一致。张弛感觉自己的生存空间越来越小，小到她感觉到窒息。

　　她坐在窗前的时间又多起来。看书、喝茶、玩手机，偶尔出去采访，回家在书房里很快写了稿子又坐下来。看着她，我的心跟摇曳在她脑边的叶子一样，又柔软起来。

　　秋天到了，我的肢体在发生着巨大的变化，每一片叶子在经历过两个季节的生长繁衍之后，正经历着盛极而衰的阵痛。如同一个中年人的身体，经历了多年的透支，开始感受疾病的冲击。出来混，总是要还的，人们总爱这么说。不过，我们自然界并不认可这话。生老病死，一切都是自然过程而已。我的叶历经风吹雨打，也算是饱经沧桑，该走向衰落了。

　　张弛的茶叶也由夏天的熟普换成了红茶。她冲着我发呆了好一会儿，眼睛落在我的叶子上——人生一世草木一春，她一定感觉到时间的紧张了。她也看到我的每一片叶子都像老人的脸，全是褶皱。是啊，谁说我们挺立的是永恒般的青春？最敏感的叶子上，有着我承受过的风霜雪雨，每一个细胞里都是沧桑呢！

她在思考一个每个同事都在思考的问题：何去何从。

你想干什么？未来喜欢的生活是什么样子？需要做什么？她把每个问题都罗列在采访本的新页面上。在每一个问题后面，她写上了答案。放下笔记本，她又闭上茫然的眼睛，一声惆怅的叹息伴轻风吹出窗口。我闻到了一些不舍，一些不安。

秋天狂风起，提香小区外面的街道上，梧桐树的落叶一夜之间铺满地面。每年这个季节，张弛总喜欢在路边走来走去，踩着落叶，听沙沙声在脚下响起。从春到秋，梧桐树叶从满绿到飘零，飘零的萧瑟美让她禁不住抬头望天。每到这个时候，我就有些难过，常绿的叶虽然让她喜欢，但人总是更喜欢时节更替，就像更喜欢有生老病死来刺激他们无聊的生活一样。

吴为和她周五回了老家，周末吴为返回来了，张弛留在了乡下。她休假，正好在乡下陪爸妈。

难得的一周不见，我站在他们家窗前，有点百无聊赖。还好，对面二楼的茶楼一直没停过热闹。编辑记者们总有摆开两个茶几买来卤菜啤酒海阔天空地聊天的，有两三桌总在打麻将的，这一年还流行开了打长牌。以前只是看到老年人打长牌的我，多少有点好奇。可惜，我看不懂，只是他们那浓浓的烟味和酒味不断地熏烤着我和树友们。

喧嚣，是人类滥用话语权的结果。

10

劳动使人健康。素来又黄又瘦的张弛回来后，脸上竟然有些红晕。经常颈椎和腰椎出问题的她，带着农妇的彪悍与吴为对坐在露台上，脚板脚尖相抵，开始交流这些天各自经历的事情和感悟，当然是她主导，先给吴为讲自己在乡下帮爸妈收红薯的事情。

这次回去劳动几天，我才发现一个残酷的现实：我的身体像是七十岁啊！七十岁的老爸身体倒像四十岁！我和妈妈在土里清理红苕藤、挖红苕，他就一趟一趟地往家里背，来回十趟，连续背了十背篼。我在土里，挖挖土刨刨红苕，就累得气喘吁吁，汗流浃背。

你的生活习惯太差了。亲爱的，不是我说你。你看看你，每天早上起床第一件事是开电脑，睡觉前最后一件事是关电脑。除了出去采访那么一会儿，有时候采访也是坐着开会一整天，天天这么坐，不锻炼，身体当然好不了。你看我虽然坐机关，但是坐一会儿我就会出去转转，上午还要做工间操。

我也反省自己的。这么个工作和生活状态，就是觉得累。你想想，采访用脑，写稿子用脑，加上姿势不正确，心理上的紧张感加大，脊椎不出问题也难！

想想你喜欢哪样运动？以后我们一起出去锻炼？

嗯，我想，还是去游泳吧！

行，那你自己记着要坚持。

说说你吧？有什么新闻给我来点？

你问得好！我真有新闻报料！

张弛笑着看着吴为，扬扬眉说。

你关心的那个局长司机！

啊！张弛突然想起来了，郭亚辉，这一周在乡下，真的快把他忘记了。怎么？！

被逮捕了！

张弛的心像是被揪了一把，为什么？

贪污受贿！

咦？怎么可能？

你就不知道了吧？那个司机太牛逼了，有钱到你没法想象。北门最大的别墅群里一套连体别墅，东山下面一套独栋别墅，城区还有好几套豪宅，面积全部超过一百四十平方米。

我的天，这么多房子？那得要多少钱啊！

是啊！谁都想不到。

那怎么查出来的？

这才有意思呢！传说，当然是可靠的消息，落马的局长受审，报告受贿金额，与县上的行贿者对账，发现出了问题——送得多，得的少。

啊？什么意思？张弛嘴都张大了，表情惊愕。

局长交代说，受一个县局副局长的贿六十万，但是行贿的副局长说，自己为了转正，委托司机带了一百万元给局长。

嗯？怎么少四十万呢？

对啊！中间环节出了问题，四十万被局长的司机拿走了！

胆子真大！张弛感觉自己皮肤都骤然收紧，浑身都挤出了毛绒绒的刺，扎得心慌。

问题在于，局长也不好意思去问人家送了多少！县上的更不可能给他说自己给了多少给司机。

哈哈，信息不对称！

对，没想到，局长司机就这么胆大。

最后事情办成了，人家也不会怀疑。

是啊！事成之后，县局领导还单独送司机十万辛苦费呢！

张弛简直坐不住了，站起来，喝口茶。我知道她的心思，一定是懊恼不已的。总归是自己暗地里喜欢的人，竟然是这样的真面目，自己对人的判断能力差到这种地步。

吴为说完，就坐到沙发上看球赛了。张弛又在窗边坐下，发着呆，坐了一会儿，心绪不宁地把身子往下滑，干脆躺着了。她的脸面向着我，严肃悲壮，眉心皱起一个"川"字。

她一定是吓坏了，我想。

张弛并不知道，茶楼里的新闻工作者也知道了，跑政法口的记者常常在茶楼写稿子，消息跟吴为的讲述差不多。

等到有一天，张弛再去茶楼的时候，郭亚辉这个名字已经像从来没有存在过一样。新闻记者的注意力每一天都在更新，作为一棵树，我是很服气他们的。不过，话说回来，我又什么没见过呢？这些信息，我比他们知道得更早。

11

有些一见钟情是非常浅薄的。张弛庆幸自己没有跟郭亚辉深交，但也反省自己的社交活动。浪费了太多的时间在外面喝茶打牌，实在是太不应该。

从那以后，张弛开始调整自己的生活状态，拒绝私下邀约的时间多了起来。除了写稿之外，大多数在家里宅着看书，为了缓解自己的肩周炎，每周去游泳馆起码三次。

十一月到来的时候，报社又在讨论机构重组。关系到未来，一时间成了张弛们最为关注的话题。因为经济下行，创收乏力，两个编委会的目标基本全部开始为创收服务，机关缩减，编委会除了采编人员之外全部进入公司，采编全部服务于创收。为了充分利用人力，也随大众创业万众创新的大流，给想走出去的记者机会。

三年时间自己寻找项目创业，保留身份，购买五险一金，但没有工资，三年后愿意回单位就回单位，不愿意就离开。

她随摄影记者去了山里，一座春天漫山遍野辛夷花的大山。可惜，冬天全是满地阔大的落叶和萧瑟的树干。但是，回到家里，她把照片给老公看，赞不绝口地感叹萧瑟之美。

这也让她想起邀请了植物学家考察提香小区的植物情况，让我们都为自己的价值好好地乐了一番。黑黑壮壮的植物学家边走边给张弛介绍小区内每一株植物的名字、性情，最后看着我感慨，你们小区这些大叶榕种的时候规划不好，种得太密。不过现在每一株基本上都可以卖两千元以上了！长得很不错。

"哇！真的？！好开心！密好啊！我就喜欢被绿荫盖着！"张弛心醉神迷，笑靥如花。

我和伙伴们都被这个消息弄得有些兴奋，风不止，快乐不断。大家都传递着这个让树愉悦的信息，为十多年来的茁壮成长，为未来的枝叶冲天！

张弛在家里好好地看书休息了十几天，又开始出门考察项目。

　　最后她决定在闹市区搞一个儿童游乐场，毕竟有组织教学的基础，孩子的钱才好挣。确定好了项目后，初步跟房东谈妥，她又应邀到深圳一家大型玩具厂考察即将选购的玩具和 DIY 项目。看着她兴致勃勃地出门，我有些惆怅……说想安静，她才安静多少天呢？书也没看几本。人哪！始终不能停止折腾的脚步！始终口是心非！

　　冬日的提香小区内外，狂风肆虐。我们看着街边的梧桐树都像秃头的大叔们赤裸了身子，剩下空空的枯枝。嗯，这就是人们喜欢的萧瑟之美？！

　　门卫开始搬烤火炉、凳子、被子、大衣在只有三个平方米的小屋里。夜深人静的时候，在两根凳子之间搭上一块木板，铺件大衣，盖上棉被，躺着睡觉。要是有夜归人，冷得发抖也要起来去开门。真是可怜。

　　物管的两个老板一年只有收钱的时候才来一两次。其中一个姓赵的中年妇女，碰到张弛总是脸上皮笑肉不笑，献媚的声音让我十分不悦：张记者，你回来啦？张记者，你又去哪里采访了？

　　我知道，她跟那些心里有鬼的人一样，心里是怕张弛的。多年前，她抓住机会，好几次把张弛和几个业委会委员堵在小区门口，甜言蜜语把这个小区业务拿了下来。结果没到她承诺的三年不涨价，她还是不经过业委会讨论就单方面宣布涨价。张弛当时回家来说得很生气，被吴为劝了下来。

物管费收了好几个月了，她的到来让我心有不安。上次张弛带植物学家来小区查看我们的时候，保安很快把我们的价格告诉了她。我听到电话里她没有抑制住的狂喜——两千元以上？！你没有听错？啊！太好了，太好了！

果然！张弛出差第三天，赵老板到了小区门口，带来了两个工人。我听见保安和她在说话：把树砍了，张记者回来怎么说？

那还不好交代？冬天来了，楼下住户和茶楼老板都嫌它挡了阳光，家里光线不好。

哦！行嘛！门卫老头真是个贱货，在老板前面全然忘记了张弛夫妇对他们的好，唯唯诺诺，毫无主见。

我看到两个工人拿着电锯走向我，我浑身发抖，拼命向身边的同伴求助。但是，谁叫我们是树？安静得被人忽略，轻贱得任人宰割。我的叶子在颤抖，旁边的伙伴跟我一样，冷风传递着信息，这一栋房子前的伙伴都一起感受到了惊恐……

有些痛是语言无法形容的。

赵女人和工人只用了不到三个小时，便把我粗壮的肢体锯断，剩下不到两米高的大腿和三根细枝。我休克了，不省人事。

第四天中午，张弛匆匆回家。午休后她站到露台前，突然的尖叫声把我吓醒：

啊——谁？！谁砍了我的树？！

我的身子已经只能在二楼平台，她探出窗外的身子把我吓了一跳：小心摔出来啊！我用剩下的三根枝叶给她打招呼，虚弱不堪、可怜至极！

不到一分钟，我看见她穿着拖鞋冲到了门卫室，全然不顾以前跟门卫们的友好关系，大声叫嚷着：谁砍的树？谁让你们砍的树？！

老板说，你们楼下的业主反映，树子长得太高太茂盛，影响下面的采光了……

谁反映的？到底是谁反映的？长得茂盛有啥不好？！难道小区里面没有树就好了？！张弛的身体在发抖，声音也在发抖。我感觉到她的愤怒，像股无名的火想烧毁那个主张砍了我的人。

　　这时候，我多么想是个人啊！可以去抱着她哭，可以去找那被钱冲昏了头脑的赵女人算账！但是，我却是一棵树，一棵不能动弹的树，无处宣泄的树。

　　悲天悯人十多年，我却是最可悲的！我正旺盛的生命力，我那冲出高楼的理想，戛然止于不到两米……

　　我听到张弛愤怒的声音在给赵女人打电话，但那女人柔软的声音像棉花一样，让张弛很快无言以对。

　　张弛气冲冲地冲回了家。她跪在露台上，探出头，看着我被砍掉的桩子，伸伸手，又缩回去。数数我余下的细枝，心痛地捂住了心口。几乎一个小时的时间，她动都不能动，呆呆地看着我，眼里充满了爱恋和痛苦，然后泪流满面。

　　实际上，我已经不痛了。看着张弛这么心痛，我好安慰。这安慰，足够抵消生命被阻止的痛。人都无所谓理想，何况树呢？我再也看不到蓝天，理想在残酷的现实面前只是一个曾经美好的梦。电锯锯断了我的梦，我醒了。

　　但我还是幼稚了，以为只有森林里的树才有被砍的命运，毕竟他们才是很值钱的！我又想，有啥想不通的呢？都市的人们为的不就是那点钱吗？两三千，足够赵女人应付三个门卫一个月的工资呢！

晚上，我用微弱的听力听到张弛在给吴为倾诉，然后反省：还是我的错，一定是物管上的人听说小区里的这些树值钱，砍去卖钱了！这些人真是浑蛋！气死了！吴为是最不喜欢招惹事端的，我听见他在安慰老婆：亲爱的，不要急不要急，这树就是砍成这样，不消两年时间，会更加茂盛起来的！你放心，人家的生命力强着呢！

他们也太坏了！十几年呢！这种事也不商量一下！

第二天，我看到张弛到门卫室继续追问我被砍掉的那部分到哪里去了。保安不敢说，赵女人电话竟然打不通了。我想，她是早料到张弛会找她理论了。张弛不可能不出门，其他的树很快在张弛忙碌工作间，重演了我的命运。我们粗壮而修长的树干被清理得干干净净，运到郊外一个家具生产厂房里。黯然神伤的只有张弛，她时不时探出窗口，看看我。我有着更强烈的生长欲望，心里默默地对她说：不要怕，不要急，等等。我没有死。我还会回到你的窗前。

作为一棵树，我想告诉张弛：一切都会结束，一切也会开始。

风　口

1

男人的视力再不济，对女人的胸部却总是明察秋毫的。这是我对男性的偏见，当然也是真知灼见。好歹人到中年，又是识人颇多的女记者，无比克制的通讯录里，3661 个电话联系人和 2344 个微信联系人还在持续增长，可不是盖的。按照百里挑一的熟悉度，我的朋友也比普通人多。何况，我是极具亲和力的记者，用不了五分钟，我会让对方卸下防备，跟我说真话。当然，前提很简单，我对他人也是不设防的、真诚率直的。入职传媒二十多年，赶上的是最好的时代，风风火火闯荡多年，我已是百炼成钢，内心强大。性别这件事，常常被我忽略掉——别人也常常忽略掉我的性别。生而为人，天生平等；身在职场，不论男女。

第一次见到李斌，是因为波霸女友平儿安排我们小区游泳，身材高大魁伟却近乎姣好，皮肤是完全的小麦色，眼睛不大不小，鼻梁跟身姿一样挺拔。关键的是，声音好像播音员般浑厚，气沉丹田。标准的帅哥。我的眼球被他的胸肌和丛生的腿毛震撼到不能转动时，一个小女孩盯着他看了许久后，终于挪着步子过来，眨巴着眼睛，惊叹似的：叔叔身材好好啊！引得我们忍俊不禁。看来对于帅哥的认识，无论男女老幼，都是有一条硬标准，那就是身材好。随行认识的，还有同样年龄的两名男子，一个男中音，姓张；一个健身爱好者，姓汪。都是医生，温和可亲，身材也还不错，不过高度不在线，自然也就显得普通。他们都是平儿的朋友，喜欢旅行。李斌的健身习惯极好，却并不喜欢休闲服，反而常年白衬衣花领带深色西装，貌似《疑犯追踪》里面那位"帅得销魂夺魄"的西装男约翰；据说，他还每周雷打不动地买十注彩票。

平儿个矮，身材跟名字相反，身体的每个部分都汹涌澎湃。圆脸阔鼻，大眼厚唇，丰乳肥臀。需要重点说的是她的眼睛，不但大，而且眼里总是一汪深潭，星光闪耀，多情浪漫。总之，尤物。她的名气很大，还没认识她之前的十年，她的名字几乎尽人皆知。后来，总认为我需要帮助的朋友介绍认识了她，采访过的几个人也对她津津乐道，不免让我对她有了很多猜测。一个有话题的女人，一个有故事的女人。按照我的认知，男人们对她是毫无抵抗力的——他们总会在意手感，丰乳的手感与手掌迎风伸向疾驰的汽车的手感绝对不一样。认识李斌后，我自然总会揣测他们的关系。

时间是个客观的证人，会证明很多事。初识期间几次热闹的饭局，我便听到了有趣的故事。说是平儿跟着李斌等驴友们一起到香格里拉，路上为节省费用，都住最便宜的通铺—— 一群人摆萝卜般一溜子睡的那种——平儿跟他不用刻意就有肌肤接触，奇怪的是，李斌竟然平静得像旁边睡着男人。平儿是多年的传媒公司头牌营销员，怎么也想不通，这个男人怎么就那么不解风情。她毫不隐晦地说起那些日子，仍是愤愤不平：你说他到底是个什么人？她当着李斌的面问我，我有点不敢相信，坏笑着看看一脸正经的李斌，又看看微笑着的两位医生，犹豫地回答：怎么说？你可能遇到真的柳下惠了？

后来，三位男士都成了我的朋友，君子之交淡如水那种。偶尔冬日晒太阳，夏日游泳，过年过节小聚。平儿已经离开这座四线城市，去了一线。李斌倒是四川的另类，抽烟不来，喝酒有度，麻将没瘾，属于很安静的类型。在媒体喧嚣久了，我也喜欢安静。李斌一直平静地面对我的质疑，不过也忍不住回过两三次：你以为男人都好那一口吗？难道不好那一口？我百思不得其解。当然，我也会反思，是不是自己太浅薄，把男人想得浅薄了？或者，记者最大的问题是自以为是，自以为是的结果就是凡事想当然。李斌用了不止一年时间，让我确定他和平儿确实没有一点点暧昧。

我的老家在川中遂宁，靠近重庆。每到夏天，蒸笼一般的天气让人都受不得憋，尤其不能憋话。有话就说有屁就放，直肠子。喜辣好酒、热情豪爽，说话声音快而响亮。如今生活在川西北绵阳，天气凉快不少，人的性情相差也很大。绵阳人性情跟绵羊一样，平和温暾，客观清淡。正常人交谈声音五十分贝，那么遂宁人应该是六十分贝甚至七十五分贝——走在大街上也不会被车流声和讨价还价声淹没的声音。而绵阳人大多数说话在四十五分贝，我适应后深受影响，还非把这视为绵阳的文明程度高出遂宁一头的特征。有一次，一个遂宁哥们来报社看我，坐在办公室聊天。他的声音和小木楼的木板共震着，余音袅袅。我心生惶恐，又不好意思明说，只得微笑：哥啊，要是你是我们报社老总，开会都不用到会议室了。聪明如他，一语道破：哎呀，你就说我声音大嘛！有个记者同事是遂宁老乡，说话像放鞭炮，点燃就响成一长串，给土生土长的绵阳老总汇报就像水库泄洪，老总总是一听她开口，便伸出手掌挡住：莫说了莫说了，你说话我听着累。

李斌——认识之初，一直几个人在一起活动，我总是把他们当成一个团体——性情相近：态度不温不火，说话不紧不慢，交流的声音基本控制在四十分贝之内。这样的朋友于我，是互补。我总是会很认真地听他们说话，否则一不小心，有些字眼就飘到空中飞走了。

没有热情自然就没有激情，声波是个衡量标准。没有激情的人自然也没有分享欲望，所以跟遂宁人动辄掏心掏肺不一样，我们在一起，几乎不提及各自的感情问题。所以有时候我想，我真不了解他们。

事实证明，我又在想当然。没过多久的 2007 年年底，我就为李斌的行为惊叹了。作为办公室一族，年收入早过十万的李斌，开着公家配车的李斌，竟然辞职了！国企中干，这要奋斗多少年才有的待遇，他竟然不要！为什么？难道只因为我们都泡在股市的那段时间里，权证让他疯狂？

啊，权证！涉足过股市的资深人士总归是熟悉的。2007 年的权证疯狂程度堪比一般人不敢触及的期货，我们经历的每个瞬间都是沸腾的。我们坐立不安，我们激情澎湃。开盘时间我们都像在坐过山车，哐哐哐，轰轰轰。钱这个东西，一旦变成了权证，就从静止状态，急速发射进入三百六十度旋转的轨道，变成了领着我们在黑暗中飞驰星空的迪士尼"加州尖叫"，炫目之后是惊恐的黑、刺激的虚无。

有人说，股市玩的就是心跳。依我看，那是他们没有找到心跳的感觉。当年 5 月 30 日之后的周六，李斌在 QQ 上告知我，他买了招行权证，八毛一股，全资买进十五万股。周一，这玩意儿居然像坐上了天梯，呼啦一声就上去了，从早上的开盘八毛一鼓作气涨到四块九！看得我们头皮发麻、眼珠都不敢动一下。心跳的声音突突突突地像奋力赶路的拖拉机，喘着粗气冒着烟。权证这玩意儿，刺激，超级刺激！李斌难得激动，手指发抖，卖与不卖间，念头千千万啊！突然——时间短暂得像闪电——高昂的线条开始往下滑。他终于下定决心，马上卖。四块二！刚敲进去，不行，卖不出去了，所有的价格停留都在眨眼之间。再撤单，再一个价，还是不行！高昂的数据线像是中了枪，巨人般倾倒。买卖之快，近乎疯狂。最后，他终于以三块二一股卖掉所持权证。

从八毛到三块二，四倍！两天时间！这是什么节奏？印刷钞票？抢劫银行？不，是毫无违法犯罪风险的赌博而已。而这两天的股市开盘时间里，股票哪里能企及这样的惊心动魄？

两三个电话，我感觉到他的声音高了十分贝，速度也快了一倍。看来激情这个东西，一直都在他心里，只是我没有察觉而已。当然，即便是这么刺激的事情，他的声音也像坠了块石头，沉沉地向上，并不像普通人那样，声音可以冲入云霄。

见识了李斌的"一夜暴富"，我坐不住了。试想，我有多么自由！除了必要的会议新闻，天天心无旁骛地"专业坐家"。炒股，还怕不能抓住机会？无知者无畏，这话绝对不假。朋友的话我听不进去，每天一早就坐下，眼睛就看不断变化的价位。开始小试牛刀，买点武钢权证，居然小赚。之后几乎着了魔，专买招行权证。谁知招行权证却再没有像那次的癫狂。某日我一分钟之内买卖，贴进上千。不久全部资金买进时价三块五一股的八千股招行权证，谁知之后却一天一个价，我二块四一股卖掉一些，再等一天卖，又是大跌了的一块四……人家买的权证大不了上上下下、起起落落，而我买的权证只会下下下下，落落落落。像个只会生病的疯婆子，往下跳得我乱了阵脚，直到全部投资亏掉七成。

人比人气死人。我的暴富之心死了，再也没有活过来，剩下一点点钱，买了股票，像是躺在那里挺尸。可经济本来就很宽裕的中产李斌活了，还决定活得更舒坦、更刺激。面对无数双不解的眼睛，他淡定地回办公室，手里提着日常提着的一个小包出来，再也没有回去。他先去成都，然后去广州，一下子消失了两三年时间。过年回来有时能一起吃顿饭，有时候连电话都没有一个，网上也没音信。中国经济高速发展的时期，我们深信，他不再叫下海，他是触网触电。

除了这些我们看不到的刺激生活，李斌什么都很标准，连健身和买彩票的习惯都形成了标准模式，反而让我觉得缺少点特色，就我看来，也就少了一种特别的气质。或者说太过完美，反而有点不真实。好在见过一次他美貌高挑的妻子，我认为他们很般配。他们每个人都有自己的生活空间和朋友圈，既放松又有关联，看上去属于接近完美的夫妻关系。

我和两位医生过着循规蹈矩的生活。还是一年见一两次，散散淡淡，喝喝茶，晒晒太阳，有一搭没一搭地说说话。

2

不到三年，李斌还是回来了。我估计是因为风姿绰约的老婆，毕竟三十如狼四十如虎这句话，是说女人的。可这事显然不是我们这几个朋友谈论的话题，所以我们还是不清楚他到底为啥回来。

这样的朋友挺好，说远不远，说近不近，来去自如，毫无牵绊。他回来之后的 2010 年，我已经在跑金融口，俗称金融记者。说起来惭愧得很，我金融知识匮乏得惊人，连家里的钱都是不怎么管的。可当记者的，有什么办法呢？主任分给你什么口子，你就得跑什么口子，我是一块砖，哪里需要哪里搬。记者也如是，甚至其他人也同样，比如李斌，生活需要他干什么他就干什么，不过是靠他自己的感觉决定。对于李斌来说，中产生活不是他的诉求，他的诉求更高更强，生活如果一眼看到死，有啥意思？没劲嘛！生活就是折腾，就是不断地感受刺激，生活更是不断地追求。要不然，活着好无趣。

这话就有意思了，我的想当然，某些方面来讲，李斌就是个无趣的人。但他到底什么地方无趣，我却总是说不上来。

有追求的李斌，在我眼里还是端端正正的一个人，挺拔身材没有改变，眼里的正派没有改变，说话温和平缓也没有改变。所以当他一声感慨说自己体验了很多精彩之后，我还是感觉他没有经历什么——因为他的语气永远平和，语速不急不缓。对于一个有激情的人来说，精彩意味着什么？意味着手舞足蹈，意味着唾沫横飞，起码，应该是有丰富的表情吧？他没有，从来都没有。连感慨出"精彩"这个词，都是轻轻的、平淡的，不引人注意的，让人感觉他的精彩是被压制的，毫无特色的，瞬间不存在的。大概就是他太过端正了吧，人端正、语言端正，连坐姿都很端正。

一个被固有形态定格的人，很容易被视为无趣。尤其在我这样长年不穿正装的人眼里，端正是定格、西装革履是定格、标准的健身时间是定格、连固定买彩票的钱和时间都是定格。一个定格的人，就像一幅格子线条的画，缺乏趣味。

有几次，李斌跟一个姓叶的职业理财顾问做活动，邀请我去参加。每一次都有一大群市民冲着"理财专家"去，可我总不会认真听，也记不住他们推荐的产品是什么。感觉每个人的卡上都有几十万甚至上百万的钱在跳跃，它们等着主人寻找一个洼地，等着膨胀，等着增值，等着它们成长为擎天柱。"你不理财财不理你"，是他们宣传活动的主题。是啊，大家都是有钱人之后，会有更多的紧张和焦虑，银行的利率早就比不得二十世纪九十年代动辄可以超过百分之十的收益。钱存银行会贬值，这是妇孺皆知的真理。

穷人们总以为有钱人什么都不愁，实际上他们错了。就像学渣永远都不能理解学霸的焦虑一样，他们常常无比愁苦地担心自己某一道题失分了，不能冲击第一。反而是学渣，即便有一点点分的进步，都高兴得很。当穷人们为了几百元进账开心的时候，有钱人可能因为没有多挣几十万而万分揪心呢！

"叶专家"祖籍绵阳，深圳工作，常年在四川做"理财推广"。我的财经稿子并不多，偶尔写个大众理财的，就请她出面说几句。当然，都是符合规范的。我是遵守记者本分的人，也深知报社编辑到总编，都有一双火眼金睛，能通过任何企业或个人名字，抓到记者假公济私的小心思。我懒得动这样的小心思，就像连稿子我都不愿意多投媒体一样，忠实地守着自己的责任田。当然，能做到这点，也是因为那些年都市报的地位相当火爆，我跑的口子单位都是"金山银山"——本报老总总是这么说——他们的广告投放，总有几家毫无悬念地会通过我到报社，广告公司自然不会亏待我。我哪里用得着在意李斌那些民间小会？去过几次，我就烦了。

金融系统的白领看得太多，我对李斌他们的看法自带偏见。相对金融"正规军"，他是加入了金融"游击队"，总是游走在政策的边缘，做着有利可图的投资。网络发达，带给人们理财太多的可能性。银行，这个传统的老大哥，已经被腰缠万贯的人们所嫌弃。金融监管出现越来越多的空白地带。

　　有一次，我急匆匆地去参加全市担保公司会议，竟然在会议签到处见到了西装革履的李斌。我大惊：你在这里干什么？

　　我在朋友的一家担保公司当副总！他平常的微笑里带着一点自得。我一时无语。坐在会议室最后一桌后，才回味他的话，这么说，他又换工作了？贷款难、贷款贵的问题被政府多次提及，担保公司如雨后春笋般冒出来。他们都冲着银行和企业之间的巨大裂缝而去，建起一座座桥梁——过桥贷款。可是，贷款真的因此不难了吗？银监局一位副局长到会，毫不客气地讲话说，担保公司的泛滥必将给企业贷款增加负担，贷款更贵！他的话在会场上显得那么刺耳，就像如潮的掌声中响起一声尖锐的口哨。我很诧异，在无数次的会议中，这恐怕是极为难得的不和谐声音，还是来自监管部门高管。可口哨再尖锐再不和谐，它也就是一个口哨，响了一声，人们当没听见——选择性耳聋。后来现实证明，担保公司的寿命短得像一场高烧。

　　那次会议之后，我跟李斌简单交流了一下，他说他的经济压力很大，每年要自己缴社保医保，买商业保险；儿子在读寄宿制学校，开销比人家养两三个还多；

儿子还会读大学，大学期间必须每年出国见世面；大学毕业还可能在大城市工作，买房是必需的……"根本还不敢说出国读研的事，学费和生活费要五百万，我的目标完成就退休。"他捏着领带尾巴说。

我回到家，对先生吴为讲了见到李斌的事，感慨万分地说：看看人家，多有追求！五百万！五百万！天哪，我只想要五十万！

他真以为自己文武双全呢？什么事情都能干。吴为几十年一个单位待着，不能理解李斌这样的职场选择。

不久，李斌来电，希望我能介绍些银行业务部门的熟人给他，好开展银保合作。我毫不犹豫地拒绝了，不是我不想帮忙，是真的帮不上。记者接触的，不过是办公室主任或者宣传部部长，或者这两个部门的联络员。银行业务部门，真的是没有机会接触。拐了弯的关系，就像打斯诺克，技术要求高，欠人情不说，命中率还不高。当然，或许跟我本人不喝酒不打牌有关系，跟我没有钱请客吃饭有关系，跟我喜欢万事不求人的心理有关系。

我能一口拒绝他还有一个原因，他是个从来不愿意主动买单的男人。没有吃请的我，拒绝得理所当然。李斌是明白事理的。虽然柔和地责怪我不懂利用资源，也没有生气。

3

2014 年年底的一天，编辑叫我去写一个新型网络理财的稿子。我教师转行后都在媒体圈打转，偶尔也会在文化圈吃吃喝喝，身边没有什么人接触这个名字洋气得很的网络借贷——P2P。我想起了李斌。他的电话从来没变，一打就通。我们约坐到了家门口的茶楼——我总是这样，把采访对象约到离自己最近的地方，把茶楼、咖啡屋当成工作场所。

哎哟，我都不知道你还在搞这个！一见面，我就大呼小叫。你那个担保公司啥情况？

有啥子嘛！哪样挣钱就搞哪样！担保公司是别人的，早就垮掉了。

这个 P2P 呢？好久搞的？哪个介绍你搞的？

担保公司之前就搞起了，还是你们媒体介绍的。

啊？！

是啊，你都当记者这么多年了，不晓得新闻里面有很多可以发现的商机？！

　　我瞬间有些尴尬，他这个人总是这样，对我从来不给一点面子。我确实会接触很多前沿事物，但现在这社会变化太快了。说到挣钱，基本上是一两年火一项投资，风口跟风水一样轮流转。作为打字员一般的穷人，我都是时代潮流的旁观者，站不上浪尖啊！再说都市报记者的压力，岂是他能理解的？每个月完成报社的写稿任务就会让你旋转成陀螺，哪有时间钻研发财的事情？

　　李斌并不理会我的尴尬，从2011年的一个晚上，他突然看到央视关于监管部门对人人贷风险提示的报道开始说起——两三年间，自己赚了几十万，又亏掉几十万——各种原因出事的P2P平台、其中各色人等，在李斌眼里，简直就像是一部波澜壮阔的现实大片。

　　看着他对成都、重庆甚至绵阳本地的P2P都如数家珍，我真是惊讶。一个"六零后"，敢这么参与网络理财，我真的很佩服。细想起来也正常，自我认识他起，他就经常组织网友聚会，AA制。我对这类聚会是最没有兴趣的，不要钱的饭局我都不愿意参加，何况要自掏腰包去见陌生人。

　　那你去报案没有呢？

　　怎么没有？经常去！还经常被要求协查，每次我都要花一个多小时给经警普及 P2P 知识。

　　求监管，成了这个行业奇怪的需求，传统的监管部门尚无能力介入。我叹息一声：为啥这些人有钱不去投资实业？实业才是最好的投资啊，稳定、不冒进，有市场。

　　所以呢，你还是个金融记者，这都不懂。有句老话，人找钱难，钱找钱易。有钱的人，当然选择钱找钱。资本市场机会多，见效快，一夜造个百万富翁很正常。

　　结果呢？我无言以对，撇了撇嘴，问道。

　　李斌脸上浅笑：还好我收手及时。现在，我开始投资自己的公司做线下理财！

　　我晕，你这汤头也换得太快了！

　　哎呀，你当啥子记者嘛！要与时俱进，要做站在风口的猪！你晓不晓得？！

　　我朝他翻了一个白眼：当然晓得！然后又笑起来，你这么帅，当猪不合适。

　　对了，你离五百万的目标还有多远？我忍不住问他。

　　还早。儿子上大学，开销大。他还说要在重庆工作，买房是肯定的。

　　重庆的房价控制得最好呢！

　　是。不过，这段时间也在涨了。估计等到他大学毕业找到工作也涨得差不多了。

为啥不现在买？

那怎么行呢？得根据他工作的地点买啊！要不然通勤好麻烦。

哦，也是。那你还得加油挣钱。

那是。他端正地坐在对面，口气还是淡淡的。

对了，你不是喜欢买彩票吗？如何？

中过两次一千元。一般。

回家对先生吴为说起与李斌的谈话，强调李斌要站在风口之后，吴为就幽默地称他为李斌那猪了。较真的吴为还拿起笔在一张纸上，专门给我算了一笔账：李斌两口子每年缴纳的社保和医保费用不会超过一万五千元，儿子念寄宿制和上大学、旅行的费用一起，每年不会超过五万元，加上他自己的日常开支费用，在绵阳这个四线城市，月均开销不会超过一万。一万，也不是一般的家庭能够有的收入，很高了。当然哦，你要每年只到欧洲去旅行，每样东西都要世界名牌，还要去重庆给儿买房子，要养老无忧——确实需要五百万。但是谁规定你当父母的，一定要给子女那么多呢？给那么多，他们又奋斗啥呢？这不都是自找的吗？吴为板着脸说，我们肯定不能这么定目标，也不能这么对子女。我瞥他一眼，心想，那是你我都不行啊！没本事挣那么多钱，自然就降低目标，把自己的生活过清楚就好了。

4

我把李斌的故事写出来，报纸上登了一个整版。我把链接传给他，他好像没看到——无趣的人就是这样。他从来不会在朋友圈发动态，也不聊天。我们还是像从前那样，没有什么联系。倒是因为身体原因，我跟医生朋友来往比较多。有时候不舒服了一个电话过去，他们说一下用药，自己去药店买了就是。

后来才知道，李斌的线下投资理财咨询公司实际上是三个人合伙开的，合伙人是某银行退职职工马丽和她曾经的同事。马丽四十好几，虽然皮肤有些松弛，但大大的眼睛深凹，头发染成赭色，嘴唇也厚得性感，身材玲珑有致，颇有洋味。李斌和俩医生，都亲切地叫她"玛丽妹妹"，可见关系不错。马丽跟我只是点头之交。他们租了银行楼上的一套房子作为公司办公地点——聪明的理财公司老总们都以这样的方式拉近跟银行的关系，甚至希望人们误以为他们是银行的一个部门——开始在这个"朝阳产业"里"捡钱"。

贷款难、贷款贵和看病难看病贵一样，是社会难题。投资理财咨询公司蓬勃兴起，大量找不到去处的民间资金开始通过投资理财咨询公司放到企业。马丽们，作为曾经的银行业工作人员，像是溺水者抓到了稻草，找到了用武之地。李斌开始日理万机，用各种社会关系寻找投资人和企业，做可行性报告、居间服务合同，忙得不亦乐乎。

最简单的例子，一家县上的房产企业找到他们筹款一千八百万元，百分之一的居间费用，每个月十八万元的收入，合理合法，岂不快哉？！三个老板很快做得风生水起。李斌每天都有接待不完的客人，他们有的需要钱，有的钱太多，他就在中间搭桥，然后坐收渔利。

不到一年，李斌跟"玛丽妹妹"闹掰了。原因很简单，就是那笔一千八百万元的业务，李斌非得要收回。马丽们就想不通了，这不是非得要将嘴里的肥肉吐出去吗？李斌还是那不温不火的口气，陈述了自己的理由，一是借款已经到期并延期两次；二是老板还借了别人很多钱，已经有人在催款；三是老板不断拖延还款日期，说明了他的支付能力出现了一定的问题。可马丽们不这么看：项目是房地产，卖了就有钱，怎么可能有问题？延期不正好给我们赚钱的机会吗？

公司投资者形成对立意见，谁也说服不了谁。最后，李斌提出最干脆利落的解决办法，分家。这一千八百万元的业务转给了马丽们的新公司，自己做其他业务。

事实证明了李斌的英明，短短三个月的时间，这笔一千八百万元的借款就再也没能给上利息，本金自然没法还上。公安机关介入了这家房产公司的非法集资案，"玛丽妹妹"们也取保候审，随时准备着坐牢。

你不要以为干过银行的人就聪明，他们当中有些人，蠢得很！李斌对我说这话的时候，我们坐在茶楼，他带上一份卤牛肉、一份卤鸡脚，我叫了两杯茶。我们都不打算吃晚饭，主要说话，边吃边说。

每个人都贪婪，我说。那你的其他业务呢？

公司现在停了，凡是理财咨询的公司，基本上都停了。我现在每天做的事情就是收账。李斌言语间有了明显的沉重感，标准的国字脸上，挂着标准的愁容。我突然发现，他眉心有条竖立的线，深深的，像斧头把左右眉眼劈开，挺直的鼻梁两侧有了明显的法令纹，脸上的皮肤略显松弛。

　　我们是不是都老了？一晃，认识就已经十年了。

　　行业的情况，我都是知道的。这几十家投资理财咨询公司像一场短暂的鸿门盛宴，早已杯盘狼藉，一地鸡毛。客户们掀翻了公司，都找不到债主——跑路的老板占了大半，还有小半被抓了起来。能做到还在继续收账的，恐怕没有两三个。曾经有个总是用三根手指与人握手的老乡，买了一层楼做理财的，都人去楼空。他临出事之前找过我，看上去一脸寒冬，满目萧瑟，也不知道回到遂宁等到的是什么结局。最后一次握手，他依然是冰冷的三根手指像蜻蜓点水一般掠过我的指端。

　　李斌在金融市场摸爬滚打这么多年，还是有成绩的。起码，法律意义上说，他还是安全的。

5

　　说到安全，李斌显得有点黄的脸突然就煞白了。他捏着茶杯的那只手明显地用了力，食指不断地在杯壁滑动，另一只手放在桌上，几根手指轮番地点击着桌面。他的眼神浅浅地瞟着我，欲说还休。难得看到他的表情不正常，我睁大眼睛，眨都不敢眨，身子向前倾去。

他说话的声音比平时更低，估计是怕被茶楼里其他人听到——他说的，原来是这几年讨债的事情，确切是其中一件事情。

你晓得的，这几年都在讨债，没完没了。好多都是三角债，甚至多角债。你这种单纯的人，没法想象里面的错综复杂。年关大家日子都不好过，一半以上的人都在讨债。我的债主特别多，还都是小债主。但我又是借给企业老板的啊，大笔大笔的。憋得恼火！有一个姓杜的老板到处欠钱，我这边就欠一百六十万，还有其他的债主，据说有几百万的债。

他借这么多钱干啥？

采矿。

项目不错啊。我听说采矿都要发财的啊！名副其实的金山银山嘛！我北川的兄弟在民间融资风靡的时候借给开矿的，收益最高。百分之三十、五十甚至七十，还没有落空过。我的嗓门兴奋起来。

你晓得不，开矿才是风险最大的投资，好多千万富翁把身家输得干干净净。李斌盯着我，用手指敲了敲桌面：一般的人，就是维护就要把你拖垮。

嗯？维护？开矿还有维护一说？

维护就是老板没有钱开采的时候——不管你买的还是找的——每一年你都必须到国土部门矿产资源科年审，否则就会捏死。不报资料就自然流失。

哦，维护就是年审。那不很简单吗？我想起汽车年审，到车管所就半天的事情。

你这个人啊，怎么这么幼稚！矿山年审的资料必须由本专业专家教授带着学生到矿山采集专业数据，这个工作一般都得花十几万，一份资料做下来也要好几万。叫你交几份你得交几份。更不要说办理过程中的人情费用，没有几十万维护做不下来的。你晓得不？！

啊！这么吓人！那一般人也不敢动这个念头吧？

是啊，可杜老板退休之前在国土部门工作，自认为有些资源，就到处筹集资金，花了几百万买了一个小矿。结果没想到，大资金根本没有兴趣来开矿。

他可以卖了它啊！现在不少人不就是做转手生意吗？

放在前些年没问题，啥生意都好做。你没看到现在的经济形势，啥生意都烫手。

我的天！退休了还搞这么大的事？

哎呀，资本市场里有很多都是退休的在参与。

我摇了摇头：这世界真的是疯了。退休就游山玩水，可以多么逍遥啊！

你这个人啊！李斌对我摇摇头，继续说，谁会嫌钱多？他们总是觉得自己还可以有所作为，挣更多的钱嘛！都像你这么没追求，这个社会怎么发展？李斌对我的小富即安十分瞧不起，终于说出这话来。

他继续讲收债的故事。

李斌管不了这么多，欠账总是得要回来的啊！好在一直没有失去联系，他天天打电话催账，那边天天说还在找钱。催得他眉毛鼻子都凑一堆了。这几年他有点钱就还点钱，把所有的家当都赔进去，这让他每天都度日如年。实在莫奈何，他想了个主意。

有一天，他找到闹市一栋商住两用楼的七楼临街茶坊，包下了一个带厕所的雅间一周使用权，还放了一床特厚棉被到大厅吧台。然后邀杜老板和另外两个朋友一起到茶楼去喝茶——当然是打点小麻将。老板明知道是鸿门宴，但又不敢不来。接触那么久，表面上也算是朋友一场。一场小麻将之后，李斌就把那两个朋友支走了，说他和杜老板还要说点事情。

杜老板心里明白，李斌想要收钱。两个人吃了一碗外卖面条，开始谈。李斌以情动人，历数这一百六十万元对他有多么重要，这一百六十万对于老板来说可能只是小数字，但是对于李斌来说，就是一百六十万背后的十多个家庭所有积蓄，关系十多个家庭的生计和未来。利息可以不说了，体谅老板，大家都放弃，但是本金，必须还的。

矮个子的杜老板退休之前的头发就稀稀拉拉的，当上老板后干脆剃光，微微腆着的肚子，一下子感觉有老板气质。这两年被天天催账，额头眼角都催出了无数皱纹，短暂的老板感觉，像吹破的气球，早就瘪了。听李斌一说，脸就哭丧起来。他退休的时候是有不少积蓄，全部投进项目，还给不少亲戚借了钱。因为家庭经济宽裕，大家也信任他——再不济，人家也有几大千的退休工资，超过大多数人。加上老婆退休前也是高薪阶层，两个人的退休工资近两万。出事之后，他们的工资卡都被亲戚收去，还要了密码，说是当按揭还款。两口子靠外地工作的独生儿子接济过日子，儿子的积蓄也是投进去了的，家里因为这个已经闹得鸡犬不宁。

房子呢？未必你就没有房子可以卖？李斌想，这些人多半都有几套房子的。

以前是有三套，为了儿子在外地结婚买房，卖了一套。搞项目之前又卖了一套投进去，现在只有住的这套。

车子？

早就被朋友开走了，说抵款。

其他投资呢？

哪里有其他的投资？全部投这个项目了。

你这么说我就不高兴了，借钱还债天经地义。我没得钱跟你打官司，也没得耐心等官司。今天我非要你还钱不可！不还钱，你莫出这个门！

6

李斌重重地关上了雅间的门，反锁上，悻悻地从自己随身小包里拿出牙刷牙膏，到厕所外的洗手处刷牙，再从吧台拿出棉被，把自己裹成一个圆柱，倒在茶楼大厅侧面的长沙发上睡下。他让茶楼守夜的小伙子回家去睡，小伙子乐得千恩万谢地走了。

找这家茶楼作为讨债之地，他是经过深思熟虑的。这层楼是整栋商住两用的分界，楼下全部是商用，楼上是住房。房间外面有一个不小的露台，加上闹市区，杜老板在房间里基本上与外界隔绝，喊是没用的，外面听不到；他可以翻窗出去散心，走动走动，但是没有别的方向可以出房间和下楼。

开足空调，李斌睡到第二天早上，去楼下吃了一碗米粉，然后花六元买了一碗打包上楼，给杜老板送去。杜老板穿得很厚，不过没有被子，即便空调开到最大，基本上也是彻夜未眠，冷得哆嗦，一张脸堪比被揉捏的生宣上点了墨汁，眉眼都模糊了。见李斌进去，更是一副可怜相，因为理亏，倒是显得很平静。杜老板知道李斌也是被其他债主催得恼火，才出此下策。他吃完米粉，脸上终于有了一点热气，搓搓手，小声要个充电器。李斌把自己的手机充电器给了他，然后让他联系家人，筹钱。

李斌坐下来，又苦口婆心地以理服人。可道理谁不知道呢？杜老板也是退休干部，这些道理还用讲？

杜老板只好继续交代，自己的工资有多少，退休前存款有多少，投资买矿的钱花了多少，每年维护花费多少……一五一十，认真交代。每一笔钱的来龙去脉都像刀刻在心里。他又接着交代，说自己的一个堂弟，在乡下当菜农，老两口一根菜一根菜地种，一把菜一把菜地收，然后几毛钱几毛钱地卖，好不容易有三十万元存款，都被自己借来，结果现在可好，听说他还不上钱，气得一个接一个地生病，还病得不轻。自己又到处借钱——之前投资都借得差不多了，也没有什么人可以借——总算凑了四万块钱先给堂弟和堂弟媳治病。老两口现在都没缓过气来，见人就哭诉，跟祥林嫂一样，又瘦又弱，风都吹得走，都不晓得哪天什么风就把他们的命给吹走了。说起这老两口，杜老板的泪不知不觉就吧嗒吧嗒掉下来，鼻子一抽一抽地，他从麻将桌边的茶几纸盒里扯出一张纸来，抹花了皱巴巴的脸。李斌看到沙发边上的垃圾桶里，白花花的一片。

杜老板的朋友多，凡是没有投资借钱的，这次都去借了。可好事不出门，坏事传千里，都知道他再也没有偿还能力，基本上是没人理的——有人看到他的号码都不接，也有的直接把他的号码设置进了黑名单。当然，借过钱的，自己更不敢再打电话。别人的电话过来，他都不敢接。

杜老板絮絮叨叨地说起自己的悔恨。为啥这么大年纪了还不死心，还不知足，一定要去赌财运呢！为啥放着好好的享福日子不过，要去折腾呢！为啥运气这么背，要遇到这种时候呢！放在前几年，哪一样投资有买矿挣钱啊？说得李斌心里又可怜又可气，出去提了一壶开水过来，给自己和杜老板都倒上了一杯。

等杜老板没有话说了，李斌喝了口水，很冷静地说：我也不晓得给你说啥子好。你自己再好好想想，哪里可以筹到钱。反正，你不给钱我不放人。说完，他把昨晚自己用的棉被抱到雅间，放到沙发上，出门后又反锁上，走了。

中午、晚上吃饭时间，他就在家吃饭，然后给杜老板叫来外卖，守着他吃，也指望期间杜老板能给他点希望。可杜老板的话好像也说完了，一言不发，简直就是茅坑里的石头——又臭又硬，一点温暖的气息都没有。让他很是生气。后面几个晚上，李斌不愿意再守着他，叫了公司里的王姓小伙，抱了一床被子去，睡大厅沙发，守着他。事实证明，这个方法一点用都没有，杜老板第一天晚上还哭了，第二天之后就越来越平静。任凭两只眼袋大得像暖水袋吊在下眼睑，杜老板就是没有借到一分钱给李斌。李斌看他的牙齿又黄又臭，整个人像煮熟的茄子，蔫了一大截，知道自己这招毫无意义，只得放弃。周六上午，李斌叫小王还了雅间的门钥匙，抱着两床被子离开，自己对杜老板也不说一句话，挥了挥手，让他回家。

7

星期天上午，李斌刚到父母家坐下，就接到公司小王的电话——他曾经交代，要密切关注杜老板的行踪——说杜老板跳楼，死了！

李斌让他再说了一次，放下电话就傻了一般呆坐在沙发上，七十多岁的老妈叫了几声都没有听到回答。

联合国通常将一百万人口以上的城市划定为特大城市。根据中国国情，绵阳这座一百多万人口的城市，应该是二类大城市。可时日一长，你会发现，每个人都会把自己所在的城市越住越小，小到熟悉的人总是抬头不见低头见。杜老板作为一个绵阳土著，就更不用说——刚出茶楼，走出电梯，就被另一个债权人赵老板看到了！

赵老板五大三粗，不由分说地把杜老板拖到茶楼里，又关进一个雅间。也不知道晚上有没有给被子盖，有没有热水喝，有没有吃到外卖的一日三餐。反正，目的跟李斌一样，要他找人拿钱才能离开。

直到老妈用手拍打李斌的小臂，他才回过神，转过头来，抓住妈妈的手说：妈，公司有点事情，我必须回去一趟，改天来陪你哈！

李斌打的回家，坐上电梯，走到家门口，掏出钥匙，要开门进去。他的牙齿莫名其妙地打架，手一直在抖，钥匙半天插不进去，费力插进去了却也开不了门。他取出钥匙，重新再开，情况还是这样。反复五六次，总是这样。他不知道是怎么回事，虽然脑袋沉沉的，心尖尖都在颤抖，但是手上的动作没有问题啊！感觉站立不稳的他一屁股坐在家门口，有气无力地给老婆打电话，让她买了菜不要去父母家，把菜带回来，他在家门口等着。

老婆满腹疑虑地很快回来，轻轻松松开了门，他冲进去就把自己关到房间，要老婆千万不要打搅。他觉得自己好冷，又冷又怕。钻到被窝里，还直哆嗦。他捂着自己的胸口，心里终于喊叫出来：天啊！天啊！幸好我放了他，幸好我放了他！

一直都冷，都在哆嗦。他想象着杜老板在那关闭的小雅间里面，绝望到极致，生无可恋，最后决定一死了之的过程。快过年了啊！过年，多么喜庆的日子！万家团圆的日子！可是过年对杜老板意味着什么？又到还债的时间，他却身无分文；又老了一岁，他却债务缠身；又该面对亲朋好友，他却是个欠账的无赖！活了六十多年，他终于发现，自己失败的人生就像被扔进泥泞的白纸，纵使肝脑涂地，也无法改写。活着干什么？让自己继续忍受内心的自责和痛楚？继续忍受亲人的白眼和抱怨？继续忍受曾经是朋友们的憎恶和屈辱？他一定是想了很多办法，一定是没有办法了。真的没有！想破了脑袋也想不出来。

　　他终于下定决心了，要去死。他挪动肥胖的身体搬了两把椅子在窗前，站到一把椅子上，把另一把椅子提起来，轻轻放在窗外。他轻轻松松爬出窗户；他搬着椅子走到露台，又轻轻松松站上凳子，爬上不高的围墙。他突然松了一口气，终于，终于！要结束这一周的绝望了。不，岂止一周？他早就绝望了，自从没有挣钱的希望开始，从恐惧被追债开始，从恐惧被追债的恐惧开始。现在的人总是这样，不是希望就是绝望，不是亢奋就是冷漠，不给自己留一点平和的情绪生活。他要轻轻松松地结束这一切，这无比沉重的一切。他轻轻松松闭上眼，轻轻松松跳了下去……杜老板走的每一步，躺在床上的李斌，闭着眼睛都那么熟悉，熟悉得像跟着杜老板再走了一遍又一遍。七楼，不高。但市中心的楼，又都是商用的，楼层层高远远高于一般住宅。头部着地，杜老板的半个脑袋瘪下去了。深夜里，杜老板的心一定比黑夜更黑，比隆冬更冷。直到周日早上，人们还在温暖的被窝里沉睡，城市保洁工人发现了他。血块早就围绕在他的身边，凝固成红围脖似的半圈血带。

　　杜老板在李斌的心中跳了一次楼，李斌心里呼号一次：天啊！天啊！你就不怕痛吗？你倒是轻松了，我该怎么办？你倒是轻松了，那么多家庭该怎么办？

　　李斌忍不住又想，假如自己一直没有放他，一直禁闭着他，他是不是也要走这一步？是不是差那么一点点，自己就已经关在看守所；是不是差那么一点点，自己就已经掉入万劫不复的悔恨中。天啊！天啊！太可怕了，只差那么一点点，只差那么一点点啊！自己就成了杀人凶手！李斌蜷缩在被窝里，半天没有积存出一点温暖。他觉得自己的手脚变成柿子一样软，动弹不得；他的心脆弱得像玻璃，即便是一个声音都会让它破碎；只剩下他的头，在沉重着，被一团一团的乱麻捆绑着，嗡嗡直叫。

　　也许是五大三粗的赵老板没有给他被子，好歹能睡觉；也许是五大三粗的赵老板一直没有给他吃的，好歹能果腹。是的，也许，五大三粗的赵老板什么都没有给他，只想着逼他，逼他，逼他，逼出钱来。可他没有啊。早就没有了！要钱没有，要命有一条。杜老板早就是众矢之的，早就是四面楚歌，早就是众叛亲离。他站在悬崖边，无路可走。唯有死，最简单。一了百了，斩断所有债权人的梦想。

　　李斌躺到下午才勉强起床，用淡淡的口气说杜老板死了，自然也不敢给老婆讲自己上周也在跟杜老板讨债的事。起床之前他悄悄给小王打电话，得知赵老板已经被警方控制，好在茶楼的人没有出卖他，他暂时可以置身事外。他草草地吃了妻子给他热好的饭菜，坐到客厅沙发上看电视——他哪里看得进电视？目光涣散，心不在焉。妻子对他的事情，习惯不过问，只是让他不要把一个死人放心上。他让她自己出去玩，不要管他。妻子便出门打麻将去了，夜里才回。

　　李斌好几天都不敢出门，在家里恓恓惶惶浑浑噩噩恍恍惚惚。每个电话都让他心惊肉跳，每个或远或近的敲门声都像石头撞击他的心，让他产生自己要被警察带走的错觉。他不得不关了手机。真是折磨啊！在精神即将崩溃的边缘，他的理性像最后一堵墙，立在混乱的思维边缘。它告诉他，必须换个角度思考问题。比如杜老板为什么会有这样的结局？他自身没有问题吗？贪婪的人性在他身上是不是体现得太充分了？风险控制意识是不是太差了？想着想着，李斌像被激流裹挟进大江的溺水者，终于抓到了一根巨大的木板。他爬上了岸。强烈得想要自首的懊悔，一点点地淡化，他庆幸自己的分析能力还没有丧失。

"会怪的人怪自己"，是的，杜老板应该怪自己。

没有警方传唤，看来事情算过去了。自己差点当凶手的自责和恐惧也像一个被蚊子咬出来的包块慢慢消散。人间事情总是这样，有很多事情你当时想不通，别着急，过一段时间你再想，就想不起来了。杜老板的死对李斌的打击就是这样。他死去不到一周，就再也没有人提起他。现在的人，都忙啊！活着的人都有事。李斌还有很多事情要处理。首先是杜老板那里的钱肯定没法收回了，不管通过哪个途径，都断了。他欠下的债要么叫投资者自己承受，要么他来慢慢还。不管怎么，杜老板的事情必须通知出去，让投资者知晓，心理上也有个思想准备。这是他无能为力的事情，也是投资者必须要面对的问题。至于办法，大家心知肚明——没有办法。李斌不还，在法律意义上，谁也没有资格起诉他；李斌还，他们要千恩万谢，人家也是受害者，一个金融中介而已！他们的合同上可没有代偿内容。

李斌依然没有特别语气的讲述，第一次给我惊心动魄的感觉。回到家很久，我都难以从这事故中抽身出来。更难以从心底原谅李斌的行为，他分明就沦落为一个凶手了啊！我给吴先生说了这事，他惊得半天没回应，然后断然认为李斌这猪，分明就是元凶。

8

这两年纸媒进入严冬，我所在的都市报苟延残喘，可每一天的报人还是一丝不苟地忙碌着，策划、采访、写作、编辑、校对……没有一个环节松懈。版面明显减少，要闻由日报的记者一并写了。我采写新闻的兴趣大减，除了例行工作，总宅在家里看书。每个月一千多块钱，请吃和吃请都像曾经盛开的夏花，成了枯萎的回忆。和俩医生朋友都难得聚一次，更不用说李斌了。可今年初，我竟然又接到他的电话，说有事情找我，还特意叫我带上在信访局工作的吴为先生。

嗯？！这是什么意思？虽然我们夫妻跟他都熟，不过从前可从来没有这么特意提出见他的。我转达给吴为，吴为说周末嘛，无所谓，去见见这头"猪"，看看风把他吹到哪里了。

睡到自然醒，慢悠悠地吃了早饭，再下楼。到茶楼时，李斌和一名六十多岁男子已经坐在卡座里。李斌端坐着，侧身给我们介绍那男子，那姓谷的男子站起来跟我们握手——好高的个子，起码一米八五。身材不错，就是面容憔悴，黑黄黑黄的皮肤上布满细皱纹，额头的皱纹像是重叠多次的五线谱。

闲扯几句，进入正题。原来李斌这次不是跟我聊天或者讲故事的，他是要投诉。投诉谁？保险代理机构。

吴为马上就说：哦，保险投诉啊！绵阳的银保监局还没挂牌呢。

李斌还是端坐着，眉头皱了一下：省级机构不是都成立了吗？

是。不过市级机构还在紧张筹备中，快了。吴为又问：你说的什么情况？

原来，那位姓叶的深圳理财规划师是个保险代理人。在她的鼓动和带领下，绵阳一群人开始接触香港及国外的保险产品，自然是被邀请成为"增员"。这个谷大个以前是卖汽车的，不知道怎么搞的，公司亏损了不少，被人告上法庭，所有的财产都被执行。在接触境外保险之后，觉得卖保险是个赚钱快的行当，也入了职。

对于保险，我跟其他大多数对保险有偏见的人不同，反倒是很有好感的。直接原因是曾经一次意外伤害住院花费上万，保险公司报了百分之五十，我缴的保费才一百多元，完全实现了以最小的成本获取最大的安全保障的目的。风险面前人人平等。疾病，已经不再是人生的意外，而是每个人生命中必须计算的成本。这些年看了筹款平台，捐了太多款，因病致贫成了中产阶级和普通家庭的潜在心病，很多人开始意识到单位扣的医保解决不了根本问题，商业保险意识越来越浓。跟我一个想法的人应该不少，否则保险业也不会迎来蓬勃的春天。

谷大个这类人当然不是冲着给自己买保险去的，他是冲着高额的佣金去的。用他们的话说，国内的保险佣金相比于国外，差了可不是一星半点。

李斌告诉我们，他们开发绵阳市场，这几年成效显著。他们带着客户跑香港都去了很多趟，用他们的话说，香港几家保险公司，尤其一家外资寿险公司的很多层楼都排满了人签约。仅仅一年，绵阳就有数千万元的保费收入。

你们投诉合作方？

是啊！

投诉他们什么？

给我们的利润太低了！谷大个的眼睛红了，声音激昂起来，说自己刚开始并不知道境外保险佣金这么高，才上了保险代理机构的当——给自己的利润低了。他知道了真相，感觉自己被骗，所以想投诉他们，讨回公道。

　　说到钱和计算问题，我总会白痴似的头昏脑涨。只听到吴为说：这种合作关系当初是你们双方自愿达成，好像没有什么好投诉的。做生意要有点契约意识嘛！

　　他们那么不诚实，我们凭什么要跟他们讲诚信？！谷大个激动得站起来。

　　不行，我们就是想不通，就是要投诉他们！李斌跟着高声说起来——我第一次听到他的说话声贝超过六十，很是惊讶。要是你们信访局不管，我们等到银保监局挂牌了也要去投诉，如果他们不管，我们就要告他们不作为！

　　对，就是要告他们不作为！谷大个也高声附和。

　　吴为面对两个激动的保险代理人，也有些急了：你们说这个事情，是要拿证据出来的。你说人家那么高的佣金，有证据吗？人家公司的办公成本跟你们到处拉拉客户是一样的吗？你们的合同上怎么写的？法院来判，也是你们输官司啊！

　　几个男人的声音越来越大，我的脑袋周围像盛夏的蝉鸣一样聒噪。自以为懂些保险的，被所谓这样的合作方式搞蒙了。原来保险不仅被卖保险的搞坏了，卖保险的机构也层出不穷，五花八门啊。怪不得地市州的保险公司要纳入银监局管理，我估计也是因为民间，乱象环生。

9

吴为顾不上管我，跟激动的两人又说了几句话，便快刀斩乱麻地拉起我冲出茶楼。

你这啥朋友啊？怎么变得这个样子？吴为一关上家门，便对我表示不满。

熟人！我纠正他。

真是的，利欲熏心。人家机构都还没挂牌，就想着人家不作为，就想着告人家，真是毛病啊！

嘿嘿，又不关你的事。再说，他们这样的投诉本来就是无理取闹。我笑了。国家三番五次强调，宣传推荐境外保险产品是违法的。他们都在干违法的事情，还敢自己冲到枪口上去？

李斌那头猪，真是的，老是往风口跑。他也不看看自己这么多年来，都在干些啥！动辄定个"小目标"，他以为他是谁？

哎呀，莫气莫气，人家又没有说投诉你。再说，人生有目标，总比没有目标好吧？

　　哼，没说投诉我？你会不会听话？他嘴上说的是投诉银保监局，实际上是要投诉我们信访局不作为呢！这叫什么？指桑骂槐？！

　　哦？我还真没想到这点。当时只是感觉李斌和谷大个的情绪实在是过分了点，尤其是李斌，狂野已经撕裂了他的衣冠楚楚。自己总是在边缘行走，却拉起法治的大旗讨"公道"，实际基本的法治意识都没有。

　　看不到风险才是最大的风险，风口可能啥都没有！吴为说了一句很深沉的话，再次让我不要跟李斌这类人接触。

　　记者三教九流都是需要接触的。不过放心好了，我的心是冷静的，眼睛也是。冷眼看世界。我笑着乜他一眼：就像看你。

　　吴为伸出脚来，想踢我，我往后一退躲过他，又贫嘴说：看透生活，热爱生活，是我毕生的修为。要不然我怎么会跟着你过穷日子？

　　吴为翻我一个白眼，又叹口气：莫讽刺我。我们小民一个，要记着老话，平平安安就是福。不要把欲望当海水喝了。

　　又过了很久，我约两位医生一起吃饭。张医生体贴快饿饭的媒体人，非得要他请，还安排吃牛排。汪医生坐定后笑嘻嘻对我说：你看，我就知道张医生迁就你，要不然我们俩才不会吃这个呢。

我咧嘴：嗯，我知道。谢谢谢谢。下一次我一定做东，我们去路边摊！你们老是不发朋友圈，也不知道你们好不好。

汪医生笑：我们哪像你这种文人，每天刷屏看都看不过来。我们都忙着看患者了。

我举起杯，忙不迭地：是是是，你们是天使嘛，辛苦辛苦。来，受我一拜，哦，不对，我敬一杯。

他俩满脸笑容，举起杯来。

三个人叉着蔬菜沙拉或牛排，边吃边小声嘻哈闲扯。两个人依然是温温和和的样子，我既亲切又放松，浑身舒坦。张医生说他的儿子如何把好好的银行工作辞了去了网络公司，"九零后"思维跟我们的差异大得让人吃惊。汪医生说自己周末骑行哪里哪里，感觉身体如何健康，跟骑友们如何开心。我就突然说起李斌，问他们有没有消息，他的投诉怎么样了？

张医生脸沉下来，深深地叹了一口气：莫说了，他那投诉根本不可能立案，自己还糟了。

我撇嘴不屑：糟啥？不就是少挣了点钱吗？

哪里是哦！

那是啥糟了？我纳闷。

身体糟了嘛！

咦？他身体咋了？上次见还是好好的嘛！

是啊，我前不久跟他喝茶，他还拿着手机买卖外汇，边操作边笑着对我说，你看我坐在哪里都可以赚钱。汪医生回忆道。

他前两天来医院检查，说是身体不好。张医生轻声说。

啊？！我放下刀叉：结果是啥病？

不晓得。来的时候找我说了几句，有气无力的。检查后就没有音信了。微信不回，电话不接。

看来凶多吉少。原本开开心心的三个人都沉默下来。

10

没过多久，一位姓李的"金融业从业者"中了六千万福彩大奖！报社联络群像锅里的开水，沸腾了。

这几年福彩中心跟报纸建立了"良好的"关系，每次大奖都会大肆宣扬一番。当然，我们总是新闻的提前见证者。去年报社有个"九零后"竟然中了一百万，马上买了套房子，让大家觉得幸运这东西，说不定就真的像馅饼，天上掉下来，会砸着自己。我们对福彩的中奖通报和小市民没有区别，充满好奇和向往。每次群里，跑民政口的记者都会不厌其烦地给大家介绍戴口罩的领奖者情况，当然包括一些完全不可以见报的内容。

个头高大，皮肤有点黑。

身材好哦！

声音还特别好听！

可惜他坚决不泄露名字。

张弛你要不要查一下，哪家银行的？

群里轰然，好几个同事艾特我。金融业的家伙不都腰缠万贯吗？他们还中这么大的奖，还工作吗？隐居吗？出国定居不？大家的八卦之心空前热烈。

我兴奋起来。忙不迭地跟朋友圈里的金融界人士宣布特大新闻，引起朋友圈隔着屏幕都火热起来。大家都在朋友圈里交头接耳——这简直就是互联网社会的常态，一张张貌似平静的人脸被屏幕照得像自燃的火光，手指成了键盘上的舞蹈家。每个人都激情燃烧，每个人都成了梦想家——即便奖金跟自己一毛钱的关系都没有——总是会把那笔钱当自己的，先规划一番。人们常用一个词的声母指代这个不好意思说出口的词："YY"。

姓李的……李家可是大姓！忙活了一两个小时，回馈过来的消息都是没有；我们银行没听说；不可能是我们机构；要是我们银行的，早就传开了。我一一反馈，大家的好奇心跟猫一样，消息像飞在空中的球，我们的视线随之转动，反而激发起更多想象。

金融从业者，这个词是谁说的？

记者回：当然是他自己。

或许我们的思维固化了，保险公司、保险代理公司、担保公司、小贷公司……你不能固守银行。跟着八卦的值班副总编艾特我说。

我看着这些字眼，神经突然就像被蜂子蜇了，一个名字敲得我脑门发热！李斌！难道是他！

个头高大，皮肤有点黑。

身材好哦！

声音还特别好听！

用这些字眼，去对应中年男人，是多么难得！每一个都符合李斌的特征。我艾特记者，问这个男人还有啥特别的没有。记者想了半天，打出一排字：

跟其他获奖者比，他太冷静了。感觉中了大奖他还没精打采的。

穿的什么衣服？

西装，有点皱巴巴的。

我的天啊，这不就是李斌的样子吗？什么都淡淡的、轻轻的，常人把不准他激情和热烈的脉。

我激动起来，跟李斌的微信发了句废话：

你在吗？

等了半天，没有动静。

忍不住继续：

是不是中大奖了？

带着锲而不舍的精神，我找到多年没用的他的QQ号码，打下同样的字。还是半晌没人回复。

电话！一句标准的普通话告诉我：您拨打的号码是空号。

一个快二十年不变的电话成了空号！

一个大活人，消失了。

我马上又打电话给俩医生朋友，他们很是惊愕地听到李斌可能中大奖的消息，然后跟我一起讨论，他的联系方式到底是什么时候消失的。

或许是那些追债的……

或许是身体真的不行了……

或许是有钱换地方生活了……

谁知道呢？

这件事太过诡谲，有很长一段时间里，我的脑子都没法正常运转。后来，我开始像不少中老年人一样，在微信朋友圈喝了不少鸡汤，终于慢慢平静了下来。我明白了。我们的人生，总有人来来往往，聚散随意。我们的人生，常常奔赴一场场不是爱情的约会，何必在乎朋友来去时间？我们的人生，生而大哭，声贝总是高昂的，向死而生的过程最后，必然悄无声息。

既然一切都会消失，一个人消失了也没有什么奇怪。

向未来讲述（后记）

每一张面孔背后都藏着秘密。已经忘记了是哪一天，我在笔记本的最后一页写上这样一句话。

生活于我，似乎一直十分丰富，即便偶尔跟朋友出门吃一次饭，都有着巨大的信息量，有着人间的悲喜哀愁，像仰望了一棵树，一树的繁花似锦，遍地的落英缤纷。让我忍不住要失眠，要想多——每一个场景背后都是故事，每个人都是一部作品集啊！

是的，不知道从何时起，我的生活开始变得像小说。

人到中年小说始。

　　中年的喧嚣却是分外孤独的。即使我们话不断、杯不停，倾诉的是同感，也是孤独。孤独背后的故事，并不为人所知。不是不能说，是说了又如何呢？你的千言万语，你的生命不能承受之重，最终可能换成对方的一句安慰的话，一群人同情的眼神，这是善意的；但谁能保证，没人在心里还有没有说出来的话？没有表出来的情？或者就是感同身受，也有置之于上的欣慰？

　　幸福是比较出来的。这很残忍。

　　人心或许并不是"性本善"的。人性何其复杂！

　　2016 年的一天，我终于坐下来了，想把当下生活用新闻之外的方式记录下来。心情近乎澎湃。从新闻的真到小说的真，真真不同，却是我人生必修之路。是的，我的处女作本来叫《我是一棵树》。我想记录一段生活，媒体记者的生活。

　　可惜，三万字的小说出来，被好友帅士象批得一塌糊涂。还给我写下了这么一段：写一部中篇小说，要把好两大关：一是题材，确保这个题材对人有吸引力，是新鲜的、独特的，最好是没人写过的。二是主题，确保具有公正立场，具有哲学力量与充沛情感。这样构思好了，写出来不会太差。否则，瞎子点灯白费蜡。这是我最痛苦的经验总结，写废了好多东西才总结出来的，别人不可能告诉你，这是秘诀。

于是放下。再写。十分平静地，写一个女人深藏心底的故事。每个家庭都有秘密吧？从她的身旁看过去，秘密如影随形，谁都有，却谁都看不见。但当事人的心里，有多少山路崎岖，有多少心潮澎湃，有多少难言之隐。所有能哭着笑着闹出来的，都会像水，一江春水向东流。可秘密不一样，是深水，流不出心，吐出来就成了气。叹气。叹息之后，但愿越来越多的人明白一些道理，纠偏一下做事风格。省、悟，是人生必需。

省得越久，蕴得越深，小说就写得越顺。初稿之后，我放一边，开始阅读。一个二十多年使用新闻语言的人，一个从来不允许使用形容词、拒绝想象力的新闻工作者，要重新学会修辞，多么不容易啊！我一边发现自己的问题，一边为文学语言惊叹。带着学徒似的虔诚，带着孩子般的求知欲，开始感受，开始推开脑子里的想象力，就像推开一扇从来没有开启过的石门。是的，我必须开始寻求，另一种表达的准确。

2016年7月7日，帅士象祝贺好小说《风控》的产生：好在题材，这个题材现在极有现实意义；好在结构，波澜起伏；好在细节，生动细腻。我觉得是你写得最好的一个成熟的作品。欣慰，却并不自得。继续改。一句又一句，每个词语都不放过地改，改到自己都目不忍睹，感觉耐心用到了极致。2016年11月5日，我的第一个中篇小说《风控》投了出去。12月底，《芳草》主编刘醒龙老师在微信上说稿子留用。三审之后，我突然又想起结尾并不满意，加了一千多字转给编辑李娟。何其幸运，她的宽容和耐心，让小说有了一个我至今都感到十分满意的结尾。

2017年3月，《芳草》第二期刊出了《风控》。

写作之路，似乎开局顺利。这极大地鼓舞了我。

回过头来。一直丢不下《我是一棵树》，因为那是我自己的生活，一段历史长河中必定会被记录的生活。不管那段生活多么艰涩，多么难以表述。众多的纸媒同事纷纷转身离去，想起2016年5月，在美丽的布拉格市中心地带的酒店里，三个旅行好友横七竖八躺在床上，等待机场送行李过来——北京转机的时候，行李被落下。当教师的邓贤蓉同学站在梳妆台前，举着手机，用标准的普通话朗诵《我是一棵树》。我的头埋在被子里，不好意思看几个发小的脸。她们都很安静，窗外也没有往日异域的歌舞声响，我的耳朵格外灵敏——我惊喜地听到了缓如溪流的节奏，多么舒适的享受啊！

或许从那一刻起，我就对它产生了不舍。我想起了帅士象的评语："利用树的角度观察主人，本是好事，结果你在叙述中，忘记了树。"我猛然醒悟，这个被废弃的小说，问题就出在这里。

我要拯救它！

写作本身辛苦，无须赘述。投稿却感觉像一场场苦恋，滋味百般折磨。每一次退稿就像一次失恋，自信就被摧毁一次。直到 2018 年年底，《四川文学》主编罗伟章老师来绵阳讲座，投稿给他。多么感谢他啊！等待了 8 个月后，2019 年 8 月，这部中篇小说更名为《风知道》面世。

在一个新闻记者眼里，这是一个多么漫长的时间。我终于发现了自己的急功近利，发现了自己那么长的岁月里，活在一个喧嚣无比的名利场。

于是，一边在报社里申请了最边缘的岗位，一边跌跌撞撞地行走在文学的门外。没有预谋，却好生巧合，三部标题带"风"的中篇小说出来了。或许，风，这个意象，本身就有着无比丰富的内涵，我不过是凑巧，把一件事、一段生活和一个人生表达了出来。我的心里，它们都是现实生活中曾经的存在，曾经的隐秘。我不过是站在现在，向生活的当下，倾注了我无处安放的感慨。

是的，小说，就是我最想说的，最深刻感怀的，当下。我在对自己说，给读者看，向未来讲述。

这是我第一部纯文学作品，就像怀胎五年的结晶。2021 年，于我，将是极具纪念意义的一年。我怀着满腔的感恩，希望自己在这个崭新的领域里不断成长。

当过教师、记者，一晃三十年。成为作家，我在路上。

2020 年 12 月 20 日，绵阳